U0140954

著者　孙联荣

单云德　　王冬华　　徐梅英

陈算荣　　周立民　　洪　岩

江同飞　　凌国华　　陈惠红

项目驱动 骨干引领

教师专业化成长之路

XIANGMU QUDONG GUGANYINLING

JIAOSHI ZHUANYEHUA CHENGZHANG ZHI LU

SUN LIANRONG DENG ZHU

上海三联书店

目　　录

2

前　　言

教师是一种职业,这是毋庸置疑的。这种职业能否成为一种"专业",却似乎尚未有定论。然而,教师的专业化发展问题已经被提到议事日程上来了,并越来越受到教育专家、教育管理人员和一线老师的关注。

教师专业化发展,路在何方?"项目驱动,骨干引领",是我们上海市新基础教育实验学校正在走着的教师专业化成长之路。

教师专业化发展,关键在一个"化"字。如何使教师成为专业化人才,需要寻找路径。我校在叶澜教授"新基础教育"理论指导下,将项目管理的方法创造性地引入学校,为学校管理注入了活力,也为教师的专业化发展闯出了一条新路。

目前我校已建立了由八位骨干教师领衔的八个项目工作站。在这些项目工作站中,一个骨干教师引领着一个骨干群体。骨干教师的队伍扩大了,骨干引领的价值放大了,教师在日常的教育教学中加速走上了专业化发展之路。

学校"项目工作站"的建立,对学校的管理带来了新的变化。在一定程度上,这种管理方式已经成为当代中国学校管理的新的生长点和发展点。华东师范大学李政涛博士曾就学校项目管理提出这样三个值得深思的问题:

第一,如何寻找学校项目管理的切入点,进而把切入点变成操作点和发展点?

第二,如何为学校项目管理奠定符合时代精神、适应学校转型需要的教育理念基础,使教育理念与源自企业管理理念的项目管理实现相融共生?

第三,如何使具有典型事务性特征的项目管理,具体而微地变成促进教师发展的动力性资源和内在力量,实现项目管理的"成事"和"成人"的双重价值?

我校正在进行的研究和实践,对上述三个问题作出了不同程度的回答。

本书全方位展现了我校在骨干引领、促进教师专业化成长和项目驱动、推动学校工作持续发展方面的探索和实践。八个项目工作站的总报告均由各项目工作站的领衔教师撰写,总报告后的附录由各项目工作站成员提供。

总论

走项目驱动、骨干引领的
教师成长之路

1999 年 9 月，和着上海市闵行区区域性整体推进素质教育的步伐，在华东师范大学叶澜教授"新基础教育"理论的感召下，我们以追求生命成长为内在动力，开始了"新基础教育"的推广性、发展性研究的全面实验。

"新基础教育"的根本理念是关注人的主动发展。用叶澜教授的话说，基础教育的出发点和归宿，必须由"生命关怀作动力"。这种关怀，还必须表现于教育的两个层面，即"教师"和"学生"的层面："不但要求学生主动发展，而且要唤起教师的自我更新和职业尊严。"

为此，我们在"新基础教育"的实践探索中，努力寻求一条适合学校实情，同时又能促进教师专业化发展的有效之路，把提高教师综合素质和教师专业化发展作为整个学校教育改革的基础和学校可持续发展的关键，并通过项目驱动、骨干引领等举措，促进教师的专业化发展。

一、"新基础教育"的教师发展观

"新基础教育"理论在教师的发展问题上，有着独特的见解。一是对教师发展本身价值的认识。"新基础教育"

理论主张唤醒教师的专业自觉,促进教师角色的重建,提升教师的追求和动机,强调着眼于作为"人"的教师本身的发展。

二是追求教师专业化发展的主动性。主动发展的教师具有两个核心因素,首先是自我专业化发展的需要和意识,其次是自我专业化发展的能力。其中,自我专业化发展的意识是教师真正实现自我专业化发展的基础和前提,它可增强教师对自己专业化发展的责任感,使自己的发展保持"自我更新"的取向。只有具备自我专业化发展意识,同时又具备自我专业化发展能力的教师,才能不断地自觉地促进自我专业化发展。

三是教师专业化发展的革新,需要观念和实践两方面同时的互动共生式的变革。新型教师的产生,首先需要实现观念上的更新,需要对新型教师的形象、教师发展的价值和方向、教师在学校转型中的地位与角色、教师实现自身变革的路径等问题有新的理解。同时,在实践上,要立足实际,要与教师日常的教育行为紧密结合。事实证明,教师的专业化发展与教师日常工作越贴近,越有利于促进教师转变。

四是教师专业化发展要与学校的整体改革发展环境相一致。脱离开整个学校的综合改革,片面地强调教师发展的重要性或倡导某种方式的教师发展策略,既容易流于空谈,又容易隐蔽教师专业化发展的真正长远和深刻的意义。只有将教师发展与学校总体的改革、与整个的学校教育乃至整个教育的发展联系起来,才能比较准确地把握教师发展的价值、内涵、方向和有效的现实策略。

五是教师专业化发展的现实策略应以教师的实践为基

础。教师的实践是教师专业化发展最重要的出发点，离开教师的实践，我们就无从判断教师真正的状态，无从理解作为个体的教师的优势、缺陷和困惑，难以寻找教师发展的方向。教师的实践也是教师专业化发展最为丰富的资源，教师的教育理念、知识和技能的更新必须与自身的实践结合起来才有意义。同时，教师对实践的意识、反思和重建，又为自己提供了最有生命力的发展动力和最现实的发展方向。

二、骨干引领，实现教师阶梯型发展目标

教育改革总是与教师素质密切联系在一起的，如果没有一支优秀的教师队伍作为人力资源的支持，任何再伟大的学校教育改革也是不会成功的。基于这一认识，我们把提高教师综合素质和教师专业化发展作为整个学校教育改革的基础。我校师资队伍的现状是教师相对年轻，35岁以下的青年教师占70%左右；教学经验丰富的高级教师只占10.6%，而担当重任的中级教师占到近60%。根据这一实际情况，我们注意培养不同层次的教师，鼓励教师发展特长和优势，保护教师的教学个性和风格。在此基础上，我校确定了可实现的阶梯型教师发展目标，同时建立了多元化的校本培训机制。

阶梯式教师发展目标分三个层面：主动发展型，反思研究型和智慧创造型。

所谓"主动发展型"教师就是，虽然在教育和教学等各方面都还比较稚嫩，但是积极要求上进，并能自觉参加各种学习和培训，具有自我教育的意识和积极主动发展的强烈愿望。在让学生"变"的同时，也使自己发生变化，追求自身的不断发展。

所谓"反思研究型"教师就是，具备对自己的教育实践和教育现象的反思能力，会经常地对自己的目标、行为和成就进行质疑，并就教学对学生产生的近期和远期影响进行思考。同时，还具有一定的科研意识和科研能力，在教育实践中不断地探索教育规律和教育方法，并能自觉地运用先进的教育思想和方法指导实践，提高教育效果。

所谓"智慧创造型"教师就是，具有宽厚、综合的知识结构以及创造性的能力和品格，在教育、教学实践中能准确判断课堂教学动态生成过程中可能出现的新情况和新问题，有把握教育时机、转化教育矛盾和冲突的智慧，有根据对象实际和面临的情境及时作出决策和选择、调整教育行为的魄力。成为智慧创造型教师是教师发展的终极目标。

这一阶梯型发展的师资队伍建设方略，体现了"新基础教育"师资培训的宏观思路，引导教师队伍在主动发展中实现螺旋型的攀升。

阶梯型教师发展目标是通过校本研修来实现的。校本研修的思路是，以师德师风建设为核心，以提高教师实施素质教育的能力和水平为重点，着力构建学习型组织框架，努力造就一支政治素质优良、业务基础坚实、实践经验丰富、创新意识浓郁、整体结构合理的研究型教师队伍。校本研修重在"本"字，可以归结为"特色、务实、激活"。所谓特色，就是要在内容、形式、方法上结合本校的实际情况；所谓务实，就是要实实在在抓好研究，特别是在教师的发展和学生的发展方面要见实效；所谓激活，就是要发挥每个教研组、每个教师的主观能动性，使他们主动发展。校本研修必须遵循"实际、实用、实效"的方针，只有这样，才能充分发挥校本研修在时间、场地、设备、人际关系等基本条件上的优势，并将其成果及时地反映到学校的实际工作中，有利于解决学校教育教学过程中出现的问题。在多年的"新基础教育"教师校本研修模式的探索中，我们体会到以下几点：

1. 主动参与是校本研修的前提。在校本师资培训过程中，如何发动教师主动参与，激发教师投身研究性变革实践的内驱力，使教师把通过实验提高自身素质作为一种自觉行为和需要，是校本研修的出发点。我们强调教师的角色意识，通过职业道德教育，积极反馈，自我调节，注意教师的角色培养，强化教师在实验过程中的主体地位。只有当教师达到"不用扬鞭自奋蹄"的境界时，校本研修才有了生命和活力。

2. 提高自我教育能力是校本研修的关键。眼下，发展学生的自我教育能力备受关注，而发展教师的自我教育能力在改革实践中更为重要，因为自我教育是提高教学能力的一条很好的途径。校本研修的关键是提高教师的自我教育能力。如果说每个教师在任职初期就存在着教学能力的差异的话，那么，随着时间的推移，影响教师在原有水平上发展的关键，就是教师在自我教育方面的意识和能力的差异。这一问题必须引起学校管理层的足够重视，并将提高教师的自我教育能力落实到校本研修之中。自我教育的过程就是自己战胜自己、自己超越自己的过程，教师进行正确的自我评价和制定恰当的发展目标是进行自我教育的基础，学会反思则是进行自我教育的关键，加强自我学习是发展自我教育的方法和手段。我们分析了我校几位优秀教师的成长，发现他们几乎都有一个共同的特点，就是善于反思和寻找自己的不足，然后努力改进，并从中得到提高。

3. 改变课堂教学行为是校本研修的主渠道。"新基础教育"理论是在对课堂教学深入研究的基础上,通过整合与创造形成的既能揭示课堂教学实质,又能指导课堂教学改革实践的新理论,它首次提出了从生命的高度来看待课堂教学的全新理念,也将使基础教育为学生的终身学习和发展奠定基础。以"新基础教育"理论为指导,深入课堂,改变教师的课堂教学行为,是我们对教师进行校本研修的主渠道,也是最有实效、最受教师欢迎的一种方法。

4. 开展以自身教育实践为基础的教育教学研究是校本研修的重要手段。教科研是一项极富挑战性和创造性的劳动,在教科研课题的研究过程中,教师必然会遇到很多疑惑不解和具有挑战性的问题。这些疑难和问题,促使教师自觉接受学习和培训,以提高自己对问题的分析和解决能力。同时,教科研又是教师展示主体性的最好方式,可以让教师在教育科学研究和实践过程中增强发现问题的意识,提高反思能力,养成理性思维的习惯,增加才干。另外,教科研所获得的成果也是教师自身价值的体现,它激励教师不断完善自我,超越自我,向更高的目标攀登。因此,要使校本研修真正有效地促进学校的教育和教学,必须通过各种途径促进教师科研能力的提高。值得指出的是,第一,这种科研能力的促进应该是全方位的,从宏观的科研理念到具体的科研方法,都需要得以提升。第二,教师科研能力的培养应该是在"做中学",在实际研究的过程中逐步获得提高。第三,科研能力培养的途径、方式、方法等的选择应该结合本校的实际情况和实际需要。实践证明,研培结合是提高教师培训质量的有效手段。

在校本研修的过程中,我们建立了以下多元化的培训机制:

共同发展的带教机制　在这一机制下，每位三年以下教龄的新教师都有求师带教的义务。学校设计了指导手册，制订了相应的带教制度，以利师徒合作，共同发展。

研训一体的培训机制　在这一机制下，凡有一定教育教学实践经验的教师，都可以确定合适的研究课题。学校组织学习讲座，交流观摩，以培促研，以研兴培。

骨干教师的示范辐射机制　在这一机制下，享受区政府津贴、占教师总数10%的骨干教师和其他优秀教师，可以通过各类研讨课、示范课、讲座和交流，将他们较新的教育观念、优秀的教学经验向全校辐射，发挥引领作用。

随着教育改革研究的深入，专家型骨干教师发挥的作用越来越突显出来，因此，开发学校中最重要的人才资源，培养专家型骨干教师已成为教育内部发展的头等重要任务。何谓专家型骨干教师？简言之，就是在教育教学领域中，具有丰富的组织化了的专门知识、能高效率地解决教育教学中的各种问题、富有职业的敏锐洞察力的教师。专家型骨干教师既是教师专业化成长与发展的最高目标，也是引领教师专业化成长与发展、发挥积极辐射作用的最好资源。

专业引领有不同层次，可以分为专家引领、领导引领和骨干引领。其中，骨干引领虽不及前两种引领学术含量高或者是行政号召力大，但却有其独特的优势。它是一种高层次的"同伴互助"，是近距离的专业引领。在骨干引领的方式上，主要是通过上研讨课给其他教师以示范，或以自我反思的意识和有效反思的能力给其他教师以启发，或经常向其他教师提供新的信息和帮助其他教师解决教学中的问题。总之，骨干引领是言传身教的，日常化的，同时具有双向效应，有利于学校骨干群体的形成，从而收到学校骨干教师和其他教师互

7

促共进、水涨船高的功效。如我校发挥单云德老师的名师效应，不仅建立起了"语文'生命体验读与写'"项目工作站，培养了一批青年教师，帮助他们迅速成长，还完善了语文教研组的各项活动制度，加强了日常研讨的深度和广度，提升了日常教学的质量，使语文教师和语文教研组在较短的时间内就呈现出较好的工作成绩和发展势头，单云德老师的工作室也成为闵行区八个"名师工作站"中惟一的语文教学工作室。学校教师队伍形成了一个骨干群体，其中有名师，有市区各级的学科带头人，也有骨干教师和希望之星。许多教师走上了名师讲坛，进行示范教学或赴港澳等地讲学交流，有的还担任了区兼职研训员职务。

8

除了"项目工作站"，我们还成立了两个专业性的非行政性组织——"学生成长工作委员会"和"学科委员会"，以非行政性的教师工作组织形式来推动教师专业化发展。学生成长工作委员会由部分年级组长和学校德育工作领导小组的主要成员组成，其目的是参与和指导年（班）级教育工作，对年级管理、学生教育活动进行评价和研究，促进学生主动、健康、快乐地成长。该委员会的具体工作有：

1. 对在学生中开展的活动的针对性、有效性和时机把握进行评价和论证，把对学生成长富有教益的教育活动列入到德育工作的常规经典活动项目之中，并不断提升、改进，形成学生成长系列活动方案。

2. 对年级组开展视导工作。根据学生特点，每学期对1-2个年级组进行全方位的工作视导，就年级组在师生管理、常规工作上出现的问题进行诊断、归因，并提出改进建议。对工作有特色、有成效的年级组进行成因分析并推广有价值的工作经验，以期在年级组室管理、学生教育方面形成合乎校情、利于发展的管理规范。

3. 针对不同年龄段的学生在成长、发展过程中出现的新问题,提出对策,设计出贴切、合理的行动方案。

4. 对班(年)级发展示范项目进行审批、评价,逐步形成适合校情的班(年)级德育品牌,共创健康、和谐的校园育人氛围。

学科委员会由学校主要学科的教研组长和学科带头人组成,它以更权威、更专业的方式对学校各学科、各层面的改革研究进行指导和调控。它的主要功能是:参与学校教学管理——出谋划策;提高课堂教学质量——诊断评估;加强师资队伍建设——培养指导。

学科委员会经常组织校级研讨课,发起教学专题讨论,深入各教研组,对整个教研组工作进行视导,及时了解教研组的建设情况以及组内教师的差异和发展,关注每位老师的随堂课,关注他们的反思、困惑和发展愿望。在掌握第一手资料的情况下,和教研组全体教师一起,研究问题,分析问题,并提出改进意见和发展方向。由于学科委员会的工作求真务实,同时又迎合了教师专业发展的需求,因此深受广大教师的欢迎,发挥了学校行政性组织很难发挥的作用。正如一位青年教师在他的成长笔记中所写的那样:"在名师的指导下,我的思路清晰了,我的目标明确了,我的行动扎实了,我的成长更快了。这对我来说是多么的幸运啊!"

三、项目驱动,促进学校可持续全面发展

"新基础教育"理论的教师发展观为我们学校探索教师的成长提供了理论支撑,也使我们寻找到了一条教师专业化发展的有效途径,即参与学校研究性的变革实践,从而为学校

实现跨越式发展奠定了基础。为了使教师能长期坚持研究性的变革实践，使基层学校的教育教学研究能可持续发展，制度的保障、机制的创设无疑是至关重要的。为此，我们在几年实践的基础上，开始了用项目驱动的方式来推进学校工作的尝试与研究。

我们知道，"项目"或"项目管理"是企业管理中经常使用的概念。所谓项目，是一种被承办的、旨在创造某种独特产品或服务的临时性努力；是由一些独特的、复杂的和相关的活动组成的一个序列，它有一个必须在特定时间内、在预算内根据规范完成的目的或目标。项目管理有几个鲜明的特征。一是时间性，即项目工作必须严格按照时间节点来完成；二是协作性，即注重团队合作，工作中应充分沟通、交流、协调；三是自主性，即每个项目组成员都有很大的自主工作空间；四是预测性，即对于项目成果、项目进行中可能遇到的困难都有充分的预测；五是完整性，就是必须用系统的眼光设计整个项目计划；六是操作性，即项目必须是可以操作的。

我们将项目管理的思想引入学校管理中，目的是搭建教师专业化发展的又一个平台，这是探索现代学校制度的一种"体验"，是运用现代科学方法实现教育期望的一种"载体"。要说明的是，引入项目管理的思想仅仅是我们将企业的先进管理理念融入教育实践的一种"对接"，而不是全盘照搬。

首先，要突出教育实践中的"项目"的生命性，把项目工作站的实施变成焕发教师生命活力的过程。作为"新基础教育"实验学校，我们希望通过项目管理实现以下目标：一是促进教师对自我价值的认识，唤醒教师的专业自觉，促进教师角色的重建，提升教师的追求和动机；二是促进教师专业化发展的主动性的提升，通过参与项目工作，使教师在自我专业化发展的需要、意识和自我专业化发展的能力等方面有质的提升；三是促进教师专业化发展的革新，以项目为抓手，实现观念和实践的互动共生；四是丰富教师专业化发展的现实策略，使参与项目工作并在项目团队中学习和发展成为教师专业化发展策略和途径的重要维度。

其次，要突出教育实践中的"项目"的研究性。教育工作是复杂的、综合的、系统的，缺乏研究，就失去了项目的意义。"项目"类似于教科研中的课题，但又不同于课题；它更强调任务性、日常教育教学的实践性、研究实践的过程性以及探索过程的持续性。

再次，要突出教育实践中的"项目"的"校本性"，即着眼于学校实际问题的解决、教师教育教学水平的提高和促进学校的持续发展。对教育实践中的项目的这种认识，既可以避免将学校工作简单化，又可以防止基层学校在开展教科研中走入误区，如求新求异、贪大求全、追风追潮、课题至上、论文情结、穿凿附会等等。

我们的做法是，通过建立项目工作站制度，来实现项目管理的具体化。

首先，学校制定了项目工作站的实施方案，明确了项目工作站的工作要求，这些要求是：

1. 研究项目要具有一定的科学性、实用性和推广性，能在学校乃至区内产生引领作用和辐射作用。研究的项目可以是与学科教学有关的，也可以是班级建设和组室管理方面的，但均以实践性的研究为主。

2. 研究项目要对学校发展起积极作用，并通过项目驱动,使领衔教师的研究能力不断提高,同时带动一批参与项目研究的年轻教师共同提高。参与项目研究的人员不得少于3人。

3. 研究项目一般应在1-2年内产生研究性成果或阶段性研究成果。

其次,建立了项目工作站的申报制度和审核制度。从每学年的10月份开始申报,并填写项目工作站申报表。对项目工作站领衔教师的要求是:必须有高尚的师德和特殊的人格魅力,有很强的教育教学能力、项目研究能力以及对青年教师进行教育专长或教学特色培养的指导能力。在项目工作站申报表中,申报者要着重阐述研究项目对学校发展的作用、项目研究实施的主要流程、项目完成和研究成果的最终形式以及申报理由,然后由学校学科委员会对申报的项目进行全面审查。对条件不够成熟的项目,学科委员会应向申报者反馈意见并提出建议,要求申报者对项目或修改完善,或另辟途径;对具有立项价值的项目,要组织申报者进行立项答辩,并由学科委员会写出评估意见,最后由学校领导小组审核批准。正式建站从次年的2月份开始,时间跨度为1-2年。

根据项目工作站的工作要求,我们还制定了项目工作站的常规管理制度。首先是经费保障,领衔教师的津贴与区骨干教师享受的津贴相同,其中60%按月发放,40%经考核合格后发放。其次,为了提高项目工作站的工作成效和工作质量,我们建立了中期汇报交流制、阶段考核推进制和年度总结评估制,保证了每个项目工作站的工作能按照计划高质量地完成。

目前,先后建立并已经运行的项目工作站有9个,它们是：

领衔教师	项 目 名 称
单云德	初中语文"生命体验读与写"
凌国华	教研组层面的校本研修
徐梅英	推动"中文广泛阅读"活动的探索与实践
陈算荣	动态生成的数学题型和课型研究
周立民	科技创新教育研究
王冬华	小学语文开放创新教学研究
洪 岩	开展符合校情的教育活动，促进学生快乐成长
江同飞	初中"普通"班级学生的管理与教育
邓 茜	"关注学生发展 改进教学设计 提高教学效能"的研究

13

　　这9个项目，是在全校申报的20余个项目中产生的，它们涉及到了学校工作的方方面面，诸如学校管理、班级及组室建设、学生发展、校园文化、学科教学等等。领衔教师都是学校的中坚力量和骨干教师，他们中间有学校领导、中层干部、教研组长，有特级教师、名师、学科带头人。项目的确立是学校和教师双向选择的过程，立项的项目既是学校持续发展中有待研究、能为学校的跨越式发展积聚能量的课题，同时又是项目工作站教师通过集体智慧、共同努力可望取得成果的任务，体现了学校发展和教师发展的双重要求。

　　我们认为，基层学校的教育教学研究要符合可持续发展的要求，必须做到"三化"：

　　1. 行为化。即要把先进的教育理念转化为先进的教育行为；

　　2. 日常化。即要把研究与日常进行的教育教学工作结

合起来,例如,将研讨课变成家常课;

3. 本土化。即要根据学校的特定条件,形成自己的风格和特色。

由于项目工作站研究的内容都是日常教育教学中的问题,采用的是行动研究的方法,因此项目工作站的研究工作很快做到了行为化、日常化和本土化。9个项目工作站都建立了符合本站特点的工作机制,开展了富有成效的研究工作。如由凌国华副校长领衔的"教研组层面的校本研修"工作站形成了"横向互助、纵向引领、多元互动、共同发展"的校本研修方针,建立了"五课——备课、开课、听课、说课、评课"的教学研讨制度,并通过各种形式组织各个层面的校本研修活动和教学研讨,帮助教师完成反思、重建,对提高学校的教学质量起到了关键性的作用,形成了学生、教师、学校互利共赢的良好局面。他们的工作策略是重心下移,推进校本研修日常化,其下移的主线为:学校教学工作→教研组→备课组→教师个人→课堂教学。在研修活动中,他们将传统的行政命令、完成任务、上传下达式的教研活动转变成了增强主动意识、上下合作和同伴互助的自主研究,以提高教学效果,适应教师专业化发展和学生主动发展的需要。譬如:(1)从关注教材教法到全面关注学生、教师的行为,关注师生的主动发展;(2)从关注活动的形式到关注活动过程的体验与感悟,关注活动的成效;(3)从关注狭隘经验到关注理念更新和教育行为的改变,关注校本研修文化的构建。各教研组还形成了各自开展校本研修的特色,如小学语文教研组的"五个一研修"、小学数学教研组的"主题式研修"、中学数学教研组的"论坛式研修"、人文自然教研组的"案例式研修"等。

项目工作站的工作需要用评价机制来激励和促进。在评价中，我们强调自主评价，充分体现主动发展。其次，由于每个项目工作站各有个性和特点，很难用一把尺子衡量，因此评价指标相对柔性化，同时注重过程性评价，以起到激励和推动作用。如定期开展项目工作站沙龙活动，通过站际互动交流，相互促进，相互启发等。在年度考核中，要求每个项目工作站写出总结报告，进行自我评价。学校考核委员会就每个项目工作站预设目标的达成度、对学校发展和教师专业化发展起到的作用以及在"成人"和"成事"方面的阶段性效果进行评价，通过评价指标的不断完善，引导教师发挥项目的综合性价值。

在解决不同阶段所产生的不同问题的过程中，项目工作站已经产生了初步效应，尤其是教师的教育行为和工作方式发生了变化。他们不再是单纯的任务执行者，而是教育的思想者、研究者、实践者和创新者；工作中，从原来的"要我做"变成了"我要做"。由于项目工作站的研究任务是组员们共同制定的，项目研究要达到的目标是大家共同的愿望，因此调动了大家工作研究的积极性，从原来的"单独做"变成了"一起做"。项目研究讲究团队合作，这就要求项目工作站的每一个成员应该经常与其他成员保持有效沟通，分享各种资源，发扬合力。由于工作站是由领衔教师与其他教师自愿结合组成的，是志同道合的，因此，组员之间心灵容易沟通，容易形成合力。工作站有一种与生俱来的凝聚力，并产生了良好的共振效应。以学校的科技教育工作为例，之前由于没有一个核心人物和组织引领，一些有科技特长的教师只是按自己的兴趣零星地开展一些科技活动和比赛，学生的科技培训长时间处于一种被动的状态。针对这一情况，我们以"项目工作站"的形式把这批具有共同爱好的科技教育工作者召集在一起，

15

关注他们的成长状态,发挥每一个成员的长处,借助"项目工作站"的力量,使他们逐渐由一开始的各自为政转向相互合作,互相"补台"。经过一段时间的运作,学校的科技工作有了一批骨干力量,学生们也在各级各类科技比赛中频频获奖,学校还获得了"闵行区科技教育特色学校"的称号。接二连三的比赛获奖,使科技项目工作站的教师充满了创造和收获的喜悦。在这一过程中,教师得到了锻炼,既获得成就又日趋成熟,学校也在这一领域得到了空前的发展,出现了"双赢"的可喜局面。

经过一年多的运行,9个项目工作站在领衔教师的组织下,不仅成为教育教学一线具有战斗力的集体,更在教研组的活动和其它专题活动中显示出了优势。另外,项目工作站的成员思维活跃,善于运用集体智慧解决教育教学实践中碰到的问题,也逐渐成为学校各项工作引领的核心,起到了很好的示范和辐射作用。尤为重要的是,项目工作站的建立和它们在学校各项工作中的渗透和具体化,打破了学校原有的管理机制,使之产生了结构性的变化,这种结构性变化又带来了学校各个层面以及师生的价值观念、思维方式和行为方式的结构性变化。

"新基础教育"研究面对的是"成事"与"成人"的关系问题,"新基础教育"追求"成人",但这种"成人"是通过"成事"来实现的,在"成事"中"成人",通过"成事"将"成人"落在实处。项目驱动、骨干引领,就是一种实现"成事"与"成人"的过程。几年来,我们依托"新基础教育"理论,既"成人"也"成事",特别是关注教师成长的动态生成过程,促使教师进入真实的成长状态,为每一个个体生命意识的觉醒与生命力的勃

16

发创设良好的成长氛围和发展基础,使师生在学校的生存方式由消极被动的适应性向积极主动、不断自我更新的发展性转化,进一步促进教师的专业化成长和学校的发展。几年来,我们还不断提升"花园、乐园、学园"三位一体的内涵,营造和谐向上、健康乐观的人际和工作环境,创设开拓、研究、探索的学术氛围,努力使学校成为一所学习型学校,使全校教师在不断的学习中实现价值和文化精神的趋同,在共同的愿景下,逐渐形成上下交互、互补互助的团队,以团队的集体发展促成学校的全面发展。在师生的共同努力下,学校取得了跨越式发展和长足的进步,教师的教育思想、理念和行为也都发生了变化,并且得到了提升。2003 年 4 月,学校被上海市教委命名为"上海市素质教育实验学校"。我们将在继续实践、深入探索、努力创新的过程中,坚持走教师专业化发展之路,尽情感受教师职业内在的尊严与欢乐。

17

附 录

新基础教育实验学校项目
工作站实施方案

根据我校"新基础教育"品牌学校的创建目标,为充分发挥优秀骨干教师在教育教学实践和教育教学研究上的引领作用,提升我校教师队伍的整体水平,经学校研究,决定建立"新基础教育实验学校项目工作站"。

一、申报条件

凡申报项目工作站的教师,必须具有高尚的师德,特殊的人格魅力,很强的教育教学实践和研究能力,以及对青年教师进行教育专长或教学特色培养的指导能力。

二、工作要求

1. 研究项目要具有一定的科学性、实用性和推广性,能在学校乃至区内产生引领和辐射作用。研究的项目可以是学科教学的,也可以是班级建设和组室管理方面的;以实践性的研究为主。

2. 研究项目要能够对学校发展起积极作用,并通过项目驱动,使领衔教师的研究能力不断提高,同时带动一批参与项目研究的教师。参与项目研究的人员不得少于3人。

3. 研究项目一般应在1-2年内产生研究性成果或阶段性研究成果。

4. 项目工作站以领衔教师的姓名命名,并制成铜牌,放在其办公桌上。

5. 每个工作站每年有 5000 – 6000 元的经费,60% 按月发放,其余的 40% 经考核确认完成预定任务后再予以发放。经费的使用由领衔教师负责,但用于领衔教师个人的津贴不得超过全部经费的 50%。

6. 研究项目完成以后,如有新的研究项目,可再申请建站;不适合继续开展项目研究的,则予以撤站,相应的待遇亦随之终止。

三、申报与审批

1. 申报时间:每年 10 月份。

2. 申报建站的研究项目,由学校学科委员会作出评估意见,报学校领导小组审核批准。

四、建站与考核

1. 申报的项目一经通过,即在全校大会上宣布并颁发站牌,并于次年 2 月份正式建站。

2. 项目工作站应每学期进行阶段推进交流,期末进行评估交流;学校将于每年年末对工作站进行一次综合考核。

五、资料的积累

各工作站应做好日常资料积累工作,于每学期末将资料汇总至科研室归档并妥善保存。

19

项目一 初中语文"生命体验读与写"

机制、路径与成效

初中语文"生命体验读与写"项目工作站建站以来的实践证明,以项目驱动,形成自主学习、同伴互助和骨干引领结合的实践研究群体,可以成为基层教师专业化发展的模式之一。

目前我项目工作站主要成员共 5 人。我们坚持既"成事"又"成人"的原则,以老带新,以新促老,共同提高,呈现出教师与学生共同成长、主动发展的良好态势。

一、运行机制的形成

实践证明,项目工作站的正常高效运作,必须有良好的运行机制来保障。所谓项目运行机制,就是影响某个项目的各因素的结构、功能及其相互关系,以及这些因素产生影响、发挥功能的作用过程和作用原理。我们的项目运行机制有一个从形成到不断优化的过程。

(一)理念支撑

我们的项目工作站是以先进的教育理论为指导的。具体地说,我们参加了华东师范大学叶澜教授的"新基础教育"实验;作为语文学科的研究项目,我们又是在"新课程标准"理念指导下开展语文教学实践研究的。本项目研究的重点是:

以"生命体验读与写"为切入点,发掘语文学科的育人价值,促进学生的主动发展,满足学生的成长需要,提高学生的读写能力。

我们的项目研究不是一个简单的教学方法的改变,而是关注了方法背后的理念层面,涉及到了语文教育的核心问题,即如何发挥语文的育人价值,提高学生的语文素养。这就奠定了我们项目研究的坚实起点。

(二)项目驱动

我们为何将"体验式"的"读"与"写"作为项目研究的重点呢?原因有两方面。其一,语文"新课程标准"中"体验"一词是个高频词汇,这不由得引起我们的兴趣;其二,一切体验本质上都是生命的体验,这与"新基础教育"实验创建"生命实践"教育学派的旨意是完全吻合的。

本项目研究以"新基础教育"理论为指导,以课程改革为重要契机,从"体验"这个角度切入,进行语文读与写的改革实践研究,引导学生个性化阅读,改变以教师的分析取代学生的感受,实现个体的生命体验与文本的对话。通过写生活随笔、作文速写、写反思笔记等形式,让学生说真话、抒真情,让作文成为生命的表达方式,提高学生生命的质量;以体验式读与写来提高学生学校生活的质量,提高学生的语文素养,促进学生主动健康地发展。

体验式的读与写是个性化的、主动的、内化的学习活动,它改变了在教师讲授、学生接受的学习中那些共性的、被动的、外注的状态,更彰显其个体生命色彩,有利于改变学生的依赖性学习习惯。

(三)制度保证

1. 人员保证。参加项目研究的老师都是"志愿兵",志同道合,齐心协力。大家觉得在一起进行项目研究对自己的专业化发展有必要,也有实效。

2. 时间保证。每周半天时间集中现场研讨。平时则渗透到备课组和每一堂课之中。

3. 资料保证。有图书资料、音像资料、电脑、互联网等。

4. 形式多样。如专题学习研讨、教学论文交流、听课评课等。听课研讨的形式,可每周几个人同时开课,也可每周一人开课集体研讨,或者由一位教师连续几周开课,工作站集中关注他的发展变化等等。

5. 内容丰富。研究新的课程标准和学科要求,研究落实字词句篇、语修逻文知识,提高学生的听说读写能力。从教材推荐、教材分析、教案设计,到听课评课、反思重建等,都是研究的内容或对象。提倡"叙事研究",对教师和学生的教与学的状态加以描述和思考。

6. 要求明确。每次开研讨课,要求提前一天交电子教案,听课之后整理好评课记录,并写出教学反思。要求组员积极实践,并有理性的思考。每次活动要有书面的反思,定期写出教学论文。

7. 档案意识。资料要及时汇总并互传,做到共享。建立电子档案和项目工作站网页等。

8. 竞争意识。组内开展比、学、赶、帮、超活动,取人之长,补己之短,共同提高。

(四)动态生成

项目研究的内容,来自教学实践中存在的问题和学生发展的需要。研究的内容和重点是一个动态生成的过程。

研究初期,我们把重点放在体验式读与写的课堂教学设计上。随着研究的深入,我们觉得还应研究课的类型结构,因此提出要对体验式读写的课型作研究。本学年度项目组有两位教师在教初三毕业班,项目组全体成员也共同参与了初三复习课型的研究。

让项目贴近学生,贴近老师,贴近教学实际,由此生成出研究的内容和重点,这是项目研究的生命力之所在。

二、教师发展的路径

项目研究的主阵地在课堂,关键点在日常,生命力在创造,可持续在内化,目标是有效地促进教师的专业化发展。

(一)教师专业化发展的主阵地在课堂

项目工作站是一种本土化的产物,其主阵地在课堂。搞好项目研究的前提就是研究学生,研究教材。

我们通过对学生以接受学习为主、以能力训练为主的语文学习状态的分析,提出了体验式的阅读理念,即:原生态、全过程、多角度、重反思。

原生态:不是从查资料、听介绍开始,而是直接接触文本,形成学生自己的初次印象,进而深入钻研文本,形成自己独特的感悟。这有助于学生语感的形成和语文素养的提高。

全过程:由浏览到精读,由理解到欣赏,由文本到借助资料,由发现再到研究性学习,体验将贯串于阅读的全过程。我们倡导把初次印象的发现权还给学生,把研读品味的质疑权还给学生,把启发借鉴的小结权还给学生,把拓展延伸的探究权还给学生。

多角度:多角度指的是文本角度、作者角度和接受者角度。同一个文本,不同学生的解读存在明显的差异。尤其是阅读文学作品,一千位读者就有一千个哈姆雷特。这为我们语文资源的开发和利用生成了广阔的空间。

重反思:体验式阅读强调的是对话、感受、领悟,尤其是反思。不仅在过程中体验,还要对过程加以体验。这种反思性体验就带有元认知的性质,是阅读体验的不断深化。教师要善于研究学生,指导学生做"反思"笔记;教师亦应在此基础上作进一步的反思和重建。

（二）教师专业化发展的关键点在日常

教师专业化发展的特点是日常化。认认真真备好每一堂课,扎扎实实上好每一堂课,关注每一个学生每一天的发展态势,才能形成良好的师生主动发展的局面。

我们在调查中发现,学生的语文没学好,很重要的原因是"能而不为"。字不是写不好,而是不愿好好写;书不是不会读,而是不愿认真读;作文不是没有东西写,而是提不起兴趣来。于是,我们从抓常规入手,提高学生的学习兴趣。

我们以"四本"为抓手:一号本为自主学习本;二号本为生活随笔本;三号本为文言积累本;四号本为随堂随文测。

一本一本指导,一项一项落实,效果非常显著,学生的常规水准和学习兴趣明显提高。

教师自身的专业成长也是渗透在每一天的实践、每一堂课的摸索之中的。

我们开展了语文课堂教学"类结构"研究。例如围绕体验式阅读教学,我们研究了"朗读体验法"、"问题体验法"、"评点体验法"、"反思笔记体验法"、"蓝笔红笔体验法"等。

语文教学改革是否有成效,重要的标志是看教师和学生的变化。目前,我校学生学习语文的积极性明显提高,语文教学质量也明显提高,初步达到了减负增效的目的。

（三）教师专业化发展的生命力在创造

经过筛选,我们找到了有效的学习策略和方法。我们体会到,这些方法之所以受到学生欢迎,是因为它们体现了语文学习的规律,积淀了传统语文教学的精华,并加以发扬光大。

例如:"学而时习之"体现于随堂随文测之中;"温故而知新"体现于自主学习本之中;"下笔如有神"体现于作文速写训练之中;日积月累体现于语言积累本之中等等。

其中,开展 300 秒"作文速写"的做法非常有成效。

我们通过开发写作资源,形成了训练系列:格言、成语系列,诗词系列,故事系列,情景系列,课文资源系列和时政系列等等。

我们从学生的反馈中得知,最为学生赞赏的是"作文速写"。学生认可的原因何在?

——即时性:当堂命题,即刻完成;

——挑战性:质量并重,超越自我;

——尝试性:日常训练,轻装上阵;

——敏捷性:调动库存,下笔如神;

——基础性:日积月累,循序渐进;

——丰富性:集思广益,取长补短。

在作文教学中,我们倡导让学生"为自己写"。

目前的作文教学,其种种表现可概括为"为教师写":作文的进度由教师安排,而且往往是随意的;作文的命题由教师决定,而且往往设下陷阱;作文的方法由教师选定,而且作为评分标准。学生基本处在一种被动的写作状态中。

让学生"为自己写",就是写学生自己的生活、自己的情感、自己的思想、自己的感悟……当然,"为自己写"不等于"只写自己",因此,也包括用自己的眼睛看、用自己的耳朵听、用自己的鼻子闻、用自己的双手去触摸、用自己的大脑去思考,然后用自己的笔去表达周围世界丰富多彩的生活。

作文的教育价值之一,就是让学生在作文中发现一个真实的自我。作文其实是一项反思性极强的活动。如果说未经省察的人生没有价值,那么让学生"为自己写",就可以使学生的个性更加张扬,生活的内涵更加丰富,生命的质量进一步提升。

没有创造力的教师很难想象能培养出具有创造力的学生。教师的状态影响着学生的状态。学生由"被动应答"转变为"自觉适应",进而"主动创造",体现了"新基础教育"以培养健康、主动发展的人为教育目标的思想内核。

(四)教师专业化发展的可持续在内化

1. 强化:拓宽语文的育人价值,满足学生的成长需要,提高学生的语文素养,这是新基础教育实验强调的核心理念和语文教学追求的终极目标。

2. 转化:由先进的教育理念到可操作的教育行为,这一转化需要付出极其艰辛的创造性的劳动。

3. 物化:要有有效的物化形式,包括制度、方法等。建立研究制度,形成自培机制,还要加强资源库建设,积累资料、课例等。

4. 系统化:形成知识、方法结构和课型结构等,变点状思维为系统思维。

5. 内化:营造良好的研究氛围,使新基础教育理念和"课程改革"的精神成为教师自觉的思维方式、行为方式乃至生存方式。

三、项目研究的成效

项目研究的收效是多方面的。以工作站的形式开展项目研究,可做到既"成事"又"成人"。"体验式读与写"已成为我校初中语文教学的一个特色。项目组的老师业务能力明显提高,能独立承担市、区级的科研课题,能上好每一节随堂课,能上出高质量的研讨课。在研究的过程中,骨干教师还能著书立说。

更可喜的是,项目研究带来了语文教师教育观念的更新。这是我们追求的深层次的目标。我们不仅关注教学方法的改变,更关注方法背后的理念。先进的教育理念会给教师带来根本性的转变。

我们以新基础教育理论作指导,形成了全新的中学语文课堂教学评价观。

新基础教育理念可以概括为"三观十性",就是教育的价值观即未来性、生命性、社会性;教育的对象观(学生观)即潜在性、主动性、差异性;教育的活动观即双边共时性、灵活结构性、动态生存性、综合渗透性。这些先进的教育理念对指导语文课堂教学评价是非常有意义的。

（一）语文教育的价值观

1. 完善学生的生存方式

叶澜教授反复强调,"新基础教育"的最终目的是要改变人的生存方式,包括学生的生存方式和教师的生存方式。因此,语文教育应当让学生在提高语言运用能力的同时,借助语言去感悟人生,珍爱生命,懂得保持人的尊严,升华人的价值,努力陶冶高尚情操,培养良好道德,提高社会责任感。

语文教育为完善学生的生存方式提供了极其广阔的空间。以初三的教材为例,让学生多一点人生经验积累的课文有《给青年的一封信》、《养成好习惯》、《生于忧患死于安乐》等;引起学生对生命意义的思索的课文有《战争中的小插曲》、《江姐》等;激发学生对高尚人格的敬仰的课文有《挥手之间》、《陈毅市长》等;陶冶学生高尚情操的课文有《蓬莱抒怀》、《岳阳楼记》等;培养学生积极向上的情感的课文有《听潮》、《腊梅》等;培养学生高雅的审美情趣的课文有《我家的木头与石头》、《登泰山记》等。如果教师仅仅为了提高学生的分数,而置丰富的完善人的生存方式的养料于不顾,将给学生带来多大的损失啊! 只有以完善学生的生存方式为宗旨,学校生活才会丰富多彩,学生的生命活力才能真正焕发出来。

2. 形成终身学习的观念

新基础教育的价值观不仅强调生命性,同时还强调未来性。教育是面向未来的事业,因此,形成终身学习的观念,培养可持续发展的语文能力,显得尤为重要。

要端正学习语文的态度。要教育学生热爱自己祖国的语言,并且加以内化。这种热爱不是停留在口头上,而是融化在血液中。学语文不是外加的任务,而是自己的一种需要。要从激发学生学习语文的内需出发,引发他们学习语文的兴趣,形成强有力的学习语文的内驱力;从需要、兴趣、动机着手,最后落实到态度。态度的改变是培养可持续发展的语文能力的前提。

要培养良好的学习习惯。包括说普通话、写规范字的习惯,查字典词典等工具书的习惯,查阅各种相关资料的习惯,积累语言材料的习惯,课外阅读的习惯,经常练笔的习惯,表情诵读的习惯,等等。养成良好的语文学习习惯将会终身受益。

要研究语文学习的策略。包括善于规划自己的学习,及时调整学习的步速,选择自己喜爱的学习内容,优化自己的学习方法等等。培养可持续发展的语文能力,形成终身学习的观念,在现代社会显得越来越重要。

3. 培养学生的语言审美能力

　　语文教育的价值之一就是培养学生的语言审美能力。语言审美是高层次的语言感受能力。可以从美读入手,让学生领悟语言的节奏美、音韵美、形式美、内涵美等等,并且借助语言去感受美的形象、美的意境,品评和欣赏文学作品,让学生从审美到创造美。

　　（二）语文教育的对象观

　　1. 充分挖掘每一个学生的学习潜能

　　每一个学生的学习潜能都是不可估量的,但很可能因教师挖掘不够而被埋没。为了避免出现这种情况,教师的关注、倾听、欣赏尤为重要。教师关注每一个学生,才能了解学生的学习现状。教师不仅要传授知识,还要仔细倾听学生在学习中的各种反响。教师对学生表示欣赏往往可以成为激发学生潜能的催化剂。

　　2. 让学生在自主学习中质疑问难

　　学习任何知识,不仅是"学得",更多的是"习得",因此要给学生足够的自主学习的时间和空间。在自主学习过程中,要培养学生收集、编码、储存、检索信息的能力。这不仅是信息社会的需要,也是"习得"的需要。学习语文知识也是如此。

　　要让学生在自主学习中质疑问难。从接受的角度来看语文学习,学生在与文本的交流中,肯定会有疑难。质疑问难是理所当然的,关键是提高质疑问难的质量,在质疑和解疑的过程中提高学生的创造能力。

　　（三）语文教育的活动观

　　1. 师生之间民主平等交流

　　语文的模糊性和多义性使师生之间进行民主平等的交流显得更为重要。民主与平等的意识是要从小培养的。

2．在认知结构中学语文

叶澜教授强调教知识结构，包括方法结构、过程结构。语文同样有其结构如读写知识结构等。要教会学生在认知结构中学语文，在运用语言的过程中完善语文认知结构。

3．语文与生活的外延相等

因为语文与生活的外延相等，所以语文的书本世界与学生的生活世界这两者之间理应实现沟通。同理，语文与其它学科之间也应该沟通。阅读是如此，作文更是如此。

4．语文教学资源的动态生成

要让课堂焕发生命的活力，动态生成教学资源是至关重要的。语文教学包括动态生成阅读教学资源和作文教学资源。生成教学资源离不开教学智慧，教师的创造能力尤其重要。

31

通过近两年的实践，"生命体验读与写"项目已初步成为我校初中语文组的一个教学特色，项目工作站并于 2005 年 9 月被上海市闵行区教育局命名为"单云德工作室"。在今后的工作中，还有许多问题等待我们去深入研究，例如如何形成长效机制；如何扩大教师骨干群体，进而加速教师的专业化发展等等。

"路漫漫其修远兮，吾将上下而求索"。我们愿以前人的这句名言与全体同仁共勉。

附录一

项目研究促进师生共同发展

"体验式读与写"的项目研究,为教研组每一位教师的专业化发展提供了一个平台。

项目研究伊始,就明确地将提高课堂教学质量摆在了首位。项目负责人单云德老师要求项目组的成员每星期开一节高水平的研讨课,每学期要写两篇高质量的论文。本学期单老师总共听了我十六节课,平均每周一节;我也听了单老师上的近二十节课。这是我参加工作以来从未有过的。更重要的是,每次听课后的评课和教学反思,无一不从教学行为乃至教学理念上促进着自己教学观念的变革。

在教学实践研究过程中,单老师和工作站的同行就语文学科如何以"体验"为切入口,将人文性和工具性两者统一起来开展了专项研究。如围绕《羚羊木雕》一课,单老师帮助我设计了两种版本的教案,一种以工具性为主,一种以人文性为主。两种方案在不同班级作了尝试,供大家研讨。在教学过程中,组内同行通过反复比较认识到,语文教学中,人文性是显性的,如能将工具性渗透其中,语文课就更能上出"语文味",把学生的思维、情感、体验有机结合起来,有效培养学生运用语言文字的能力。

我们还开展过"同文异教"的研究,即体会不同年级的学

32

生对同一篇课文的"体验"有何不同。曾有四位教师在三个年级中按照不同的学生水准对《雾》这篇微型小说进行了教学。

为了上好这堂研究课,有的老师将教案一连修改了八次,字斟句酌,修改过的教案有八十多页。单老师亲自示范讲解,并为我提供了第一手资料。在试教过程中,我教学的每一个环节,学生的每一次发言,都被单老师详细记录下来。

在工作站全体同行的努力下,"新基础教育"理论和二期课改理念在语文课堂教学中被自觉运用。从教学设计到反思、重建,课堂教学悄悄地发生着显而易见的变化。如果说开学伊始我对于"新基础教育"的理念还存在偏见和观望,属于"门外汉"的话,那么经过项目工作站的促进和单老师扎扎实实的指导,我已经顺利地进入了叶澜教授所说的第二阶段的教学改革研究之中了,主要表现为教学设计逐步开放,课堂教学过程中教案意识逐渐淡化,课堂上多重互动开始自然呈现,每堂课所生成的教学资源越来越多。与此同时,学生也悄悄地发生着变化。课堂上,学生举手次数越来越多,学生质疑的问题越来越多,提问的质量也越来越高。学生在"生命体验读与写"项目研究过程中迅速发展,对教师的教学水平和教学智慧提出的挑战越来越大,已经到了逼着老师必须深入钻研文本,精心设计每一份教案的地步,师生在项目研究的过程中共同得到了发展。

我将在体验的丰富性、有序性、规律性方面作进一步研究,以促进学生的体验向纵深发展。我从自己的亲身经历中深深地体会到,项目研究是教师专业化发展的重要途径。

（鲍　骏）

33

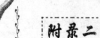

附录二

教师专业化成长需要助推

人们常说:"十年磨一剑。"2005 年 8 月,就在我工作的第十个年头,我踌躇满志,怀揣着自己十年的教学经验积累来到了上海,踏进了"新基础教育实验学校"。

我本以为,凭着自己对初、高中教材和教学方法的全面了解,应该能够轻松地领会与把握当今一般教育、教学的理念。让我猝不及防的是,开学第一天,当我第一次走进单云德老师的课堂的时候,我惊慌了。那是一种完全不同于我所经历过、所了解的课堂教学模式(实际上单老师的课堂并没有固定的模式),令我一时难以说明白,理清楚。一种莫名的恐惧向我袭来。直觉告诉我,这是一种全新的教育理念,同时我也意识到了自己的"贫瘠",一时间,我不知道该何去何从。所幸的是,我赶上了学校"项目驱动,骨干引领"的教研春风,及时得到了一批经验丰富而又热情的前辈们的帮助与引领。

我幸运地加入了单老师的项目工作站,并赶上了"体验式读与写"的项目研究,踏上了一条全新的教育、教学之路。

一、在迷茫中反思

记得单老师第一次走进我的课堂,我执教的是《祖父与我》。在课堂上,我自认为教学语言优美,思路清晰,并能引领学生走进文本,点评、赏析,因而颇为得意。没想到,课后单老师却一针见血地指出,你的课仍然存在较强的传统讲析式的痕迹,要知道,教师的分析是无法代替学生的感受的;语文教学要追求学生个体的生命体验与文本、作者、生活的对话,学生只有有了自身的体验,才能实现个性的、主动的学习,实现语文素养的真正提高。一时间,我不知所措。但是,"语文教学要追求学生个体的生命体验与文本、作者、生活的对话"这句话从此定格在了我的心里,成了我自我教学评价、反思的一条标准。此后,我便经常主动去听单老师的课,并在课后与同组的老师一起研讨和反思。

二、在引领中学习

参加"生命体验读与写"项目研究之后,我感到了自身理论素养的匮乏。单老师经常向我介绍一些理论与方法,包括优秀的书籍,如郑金洲的《教师如何做研究》等,鼓励我们去探讨、实践。在教学上,单老师亲自带领我们进行教材分析和课案设计,每有新的体会或者教学策略,他会第一时间与我们交流。根据学生学习语文的发展需要,他又向我们推荐了一些有效的学习方法,如"随堂随文测"、"预复习自留作业"、"语言积累"、"文言文启蒙"、"写生活随笔"等。

新学期之前,利用寒假,单老师已经带领我们迈开了新的一步,开始了本学期的"初三试题的研究"、"新教材研究"以及"关于新基础教育实验语文课型研究"。我想,跟众多的教育工作者相比,新基础教育实验学校的老师是幸运的,因为我们拥有"项目驱动,骨干引领"这一教师专业化成长道路上的助推器。

三、在学习中成长

一转眼，一个学期已经结束，虽然至今我仍然有很多东西没有完全弄懂，但我从中感受到了一种从未有过的活力。

与以往的教育实践相比，我们表现得更为"主动"。"项目研究"的平台向我们展示了一幅幅团结协作、勤于治学、勇于探究、积极进取的人文画卷，它更为关注对教育生命本质的实践与探索，它将目光投向了教育、教学中的现实问题，在教研与教学互动中提升自己的价值，真正实现教师与学生主动、健康的发展。

经过一学期的训练，多数学生不再畏惧写作，更加喜欢语文、喜欢阅读了，学习质量也同步获得了提高。同时，我深切地感受到，在追求这样一种教育价值的过程中，自身在理论素养、思想方法与实践能力等方面也获得了全面的提升。

（李　伟）

36

附录三

朗读体验法

朗读对语言学习的重要性,早就引起人们的重视。古人曾经说过:"读书千遍,其义自见。"尽管我们强调朗读,但很多时候,学生的朗读是"小和尚念经,有口无心",朗读也就成了一种形式。其实,在语言学习的初级阶段,朗读是语言输入的重要途径,它需要将眼、口、大脑与文本紧密联系起来,才能有效促进语言学习,才能产生具体深切的体验,提高语文素养。在我校"生命体验读与写"的项目研究中,我们进行了"朗读体验法"的实验。

"朗读体验法"就是让学生在感性的文本接触的基础上,挖掘自身的体验与感悟,独立地进行理性的思考,在读中理解,在读中比较,在读中质疑,培养学生自主学习的能力,促进个性化体验文本的能力。

一、朗读体验的设计

首先,对于程度较差的学生,宜设计领读法、问读法、评读法等较简单的朗读方式,让学生感知外在景观,引导学生进入景物(人物)意态、情韵的欣赏。例如,结合《从百草园到三味书屋》第 2 段的景物描写"不必说碧绿的菜畦,光滑的石井栏,高大的皂荚树,紫红的桑葚;也不必说鸣蝉在树叶里长吟,肥胖的黄蜂伏在菜花上,轻捷的叫天子忽然从草间直窜向云霄里去了。单是周围的短短的泥墙根一带,就有无限趣味。"可以设计 PPT 配合朗读(最好要求学生当堂背出空格内的词语):"不必说_____的菜畦,_____的石井栏,_____的皂荚树,_____的桑葚;也不必说_____蝉在树叶里长吟,_____的黄蜂伏在菜花上,_____的叫天子忽然从草间直窜向云霄里去了。……"或"不必说碧绿的_____,光滑的_____,高大的_____,紫红的_____;也不必说鸣蝉在树叶里_____,肥胖的黄蜂_____在菜花上,轻捷的叫天子忽然从草间_____向云霄里去了。……"经过朗读后,学生自然就了解了此处描绘的景物及其颜色、声音、形状,有些好词句还能迁移运用。

其次,对于程度较高的学生,我们在采用领读法、问读法的同时,还增加了赏读和写读等方法。如《羚羊木雕》一课,在解读"爸爸"这个人物时,大部分学生开始倾向于斥责他"重金钱,轻友情"。教师此时不加点评,问读:"爸爸怎么做的?"再领读:"爸爸走了进来,听妈妈讲完事情的经过,他(怎样地)静静地点燃一支烟,(怎样地)慢慢地对我说……"有学生立刻质疑:"为什么爸爸不是'快速地对我说'而是'慢慢地对我说'?"我顺势要求学生解读人物当时的心理。有学生立刻提出:"爸爸从大人的角度看这件事,他这样做也没错!"接着学生评读描写父亲的其它语句。这样层层深入的朗读,让孩子理解了父亲的责备——怎能将凝聚着父爱的礼物随便送人?处在父亲的角度,孩子们还领悟了更深的教育内涵——学会沟通,学会理解。学生完全敞开心扉去阅读,去感受,把阅读学习的过程当成自己生命体验的过程。最后我布置学生观察并描写特定的场景中父母的反应,如:考试成绩单发下来以后;家里有喜讯等。

第三,对于初中高年级学生来说,培养学生较强的质疑能力、分析能力很重要,可是很多学生在质疑时往往不着边际,分析也抓不住主要信息。对此,我们在运用疑读法和评读法时,还培养学生自己设计朗读的能力。在朗读有关句子时,我们要求学生设计句子的朗读方法,让其通过朗读引发大家对问题的思考以产生共鸣。如《小巷深处》最后一段:"妈妈,我回来了,我已经回来了,我其实还记得,还记得来时泥泞的山路,还记得赤足跑过石板的清凉,还记得家里厚重的木门栓,还有,还有我们曾共同相偎走过的那条小巷,那条深深的小巷。"学生 A 的设计是"妈妈,我回来了,我已经回来了,我其实还记得,还记得_____,还记得_____,还记得_____,还有,还有我们曾共同相偎走过的那条小巷,那条深深的小巷。"他质疑:"排比、反复的作用是什么?"学生 B 的设计是"妈妈,我回来了,我_____回来了,我_____还记得,还记得来时泥泞的山路,还记得赤足跑过石板的清凉,还记得家里厚重的木门栓,还有,还有我们曾共同相偎走过的那条小巷,那条_____的小巷。"他质疑:"这些副词(动词)可以去掉吗? 为什么?"学生 C 评读了人物当时的情感,学生 D 则赏读了此段结尾在文中的表达效果。学生自行设计朗读,加深了对文中"我"的情感的理解,其思维的广度和深度是教师的讲解难以取代的。

二、朗读体验的意义

第一,强化语感训练。"朗读体验法"为每篇课文度身定制了不同形式的朗读方式。反复变换形式的朗读,提高了学生对语言文字的领会和感悟能力,使朗读变得能传情达意。

学生的语言材料积累增加了,感受体验增强了,就能将语言活化,在阅读文章时能够产生迁移,展开联想,深刻地理解文本。

第二,实现与文本的亲密接触。文本不是死的语言材料,它是有生命力的。"朗读体验法"以学生为主体,通过精心设计的朗读,保证学生独立、充分、深入地与文本对话,调动学生的眼、耳、脑来领略语言的意境美,体会情感美,使学生的情感世界与文本语言相融合。

第三,有利于学生的文化积淀。"朗读体验法"让学生在言语实践中积累很多语言材料,诸如好词、富有表现力和含义深刻的句子等。学生文化积淀的外显标志是语言质地的提高。学生运用语言文字从基本准确到生动、活泼直至具有鲜明的个性色彩,这不仅唤醒、增强了学生个体的生命意识,还激发了学生去感受、理解、领悟、欣赏中华民族灿烂的文化。

第四,与圈划、质疑、点评相结合。体验式的形式多样的朗读能帮助学生不断感知、体验语言材料的内涵,自然引发学生在朗读中进行比较、质疑,在推敲文字中进行思辨,使语言学习真正做到"熟读精思"。

第五,有利于培养学生的自主学习能力。学生自行设计朗读时,往往会就一段话设计多种朗读方法,他们注重咬文嚼字地解读文本,养成了主动与文本进行对话的习惯,形成了主动学习的心态与能力。学生处在主动学习的状态中,他们真实地体验言语,真切地表达言语体验,快乐地追求着自我生命的主动成长,这正是我们设计"朗读体验法"的初衷。

（周 瑜）

附录四

蓝笔红笔体验法

学生课业负担过重的原因之一是作业负担过重。为了把学生从繁重的课业负担中解放出来,使之成为作业的主人,并通过学生的作业使教师得到丰富的反馈,提高教学的针对性,我们尝试了"蓝笔红笔体验法"。

两年前,我接了两个七年级班的语文课。当时,我像绝大多数老师那样,按惯例撕下所有学生的语文配套练习册的参考答案,"刀枪入库"。可当我批阅学生的作业时,惊讶地发现不少练习册的练习答案与参考答案如出一辙。经调查,原来有些同学早有准备,利用假期到专门书店又买了一本同样的练习册。为杜绝这一现象再次发生,我在课上严肃地批评了这类弄虚作假的现象,但收效甚微。无奈之下,我把参考答案发还给了学生,但同时要求学生课后作业必须先用蓝笔作答,而后参考练习册后的答案,用红笔订正。没想到这小小的作业方式的改变,却赢得了学生的一致赞同。

看似细小的变化,蕴含着的是先进的教育理念。

一、"蓝笔与红笔"促进学生在体验中学习

蓝笔与红笔从表面看仅一字之差,但仔细琢磨,运用"蓝笔红笔体验法"却让学生的作业有了一个实质性的改变。为

41

了培养学生良好的预习习惯,进入九年级后,我把配套练习改为课前预习作业,并根据不同层次提出了不同的预习要求,但一开始效果并不佳。原因在于,由于有来自学校和家庭的压力,一些学生在做作业时只是机械地重复课堂上老师传授的知识,不愿也不会动脑筋去想一想:我做错了吗? 为什么不能这样做? 加上这几年语文配套练习吸收了教改的成果,练习册中的相当部分习题演变成了主观题,如果没有参考答案的提示,部分能力差的学生对一些问题只能望洋兴叹或答非所问,即使是那些思路清晰、语言表达能力强的学生,要作出正确的解答也绝非易事。为了改变这种情况,我们决定不再"一刀切"地对参考答案进行"封杀"。

学生在对照参考答案的过程中,往往会有更深的体验和反思,不少学生在发现差错后会考虑:自己答题时出了什么问题? 是审题,是思路,还是属于语言表述方面的问题? 假如教师没有为学生提供体验过程的话,学生只会被动地接受现成的答案,而有了亲身体验,就会产生对试题的个性化理解。如《葫芦僧判断葫芦案》一文着重写的两个人物(贾雨村和门子)究竟谁是主角? 为什么? 有学生认为是门子,理由是门子深谙"护身符"的黑幕,又为雨村断案出谋划策,他是幕后操纵者。尽管答题与课文主题有冲突,但只要老师在批改作业时作适当的点拨,相信学生会带着对课文的深层思考和学习的反思进入新课文的学习,实现学习能力的提升。

二、"蓝笔与红笔"变学生被动学习为主动学习

说实话,对于这样一个大胆的尝试,起初我也很担心,怕学生不自觉,有了参考答案后,就不动或少动脑筋,作业马虎,草草了事。可再仔细想想,这种担心是多余的,为什么老师可

以把"教参"和参考答案作为教学和批阅作业的参考,而学生却没有权利参考呢?显然,这对学生是有失公允的。让学生用"蓝笔与红笔"明白告知答案的来源,这不仅仅是对学生的信任问题,更重要的是它充分体现了"新基础教育"理论关于学生自主学习的理念。

行为主义心理学家认为,自主学习的关键包括三个过程:自我监控,自我指导,自我强化。自我监控是指学生对自己的学习过程进行观察、审视和惩罚,从而使积极的学习得以维持或促进的过程。事实上,通过"蓝笔与红笔",绝大部分学生的作业反而比以前更认真。很多同学做完作业后对照参考答案进行对与错的批改,对不完整的答题按照参考答案进行了改正和补充。有的题目参考答案上只有提示,学生也能根据提示,较好地完成习题。总之,自主练习不但提高了学生语文学习的兴趣,在"教学生学会学习"方面,也无疑是一大进步。

三、"蓝笔与红笔"使课堂教学更得法

如今,"以学生发展为本"的理念已普遍为广大教师所接受,但在课堂教学中,却一度出现了重"放"轻"导"的现象。笔者认为,在语文阅读教学中,教师既不能越俎代庖,代替学生生成意义和意向,也不能放任自流,使学生陷入思想的误区。那么,怎样才能达到"使学生能逐渐自求得之,卒至于不待老师教授"的阅读胜境呢?叶澜老师告诉我们,如果一个学生在中学读书时遇到了一个注重教方法,培养他自学能力的语文教师,那他就有福气了。古人云:"授之以鱼,只供一饭之需,授之以法,则终身受益无穷。"从这个意义上讲,语文课堂教学"教方法"才是最重要的。

一篇文章真正需要教师在课堂上讲解的内容其实并不多,学生已经懂的内容可以不讲,学生稍加思考就能懂的内容也可以不讲。这就好比摘苹果,学生一伸手就能摘到的就让学生摘;学生跳一跳能摘到的也让学生摘;学生跳起来碰得到而摘不下的苹果,教师才走上去托他们一把;而对于那些完全够不着的苹果,教师就要启发学生爬树或搭梯去摘。既然苹果一定要让学生亲手摘,那么一堂课哪些内容该讲,哪些不该讲,怎样讲,才能提高课堂效率呢?

我尝试让学生在配套练习中运用"蓝笔与红笔",自主答题后进行订正。这样,教师在批阅后,对这堂课上学生的实际需要就已了然在胸了。如《向中国人脱帽》一文,我在备课时原本打算结合写作重点分析人物对话语言的特点,但在学生的预习作业中,我发现"结合语言环境理解下列加点词的含义"一题普遍完成得较差,于是我临时改变了教案。我有针对性地组织学生围绕课文描写大胡子教授的句子进行圈画,并结合句中的动词、形容词进行分析。如"我才发现他的眼睛很明亮,笑容很灿烂。"教师提问:其中的"灿烂"原来形容何物? 本文用来刻画教授怎样的表情? 这样写突出教授对我怎样的态度? 我把这些问题分解开来提问,学生基本上能准确回答。最后,我请一个学生用连贯语言作答。这个学生说道:"灿烂一词原是形容阳光,给人以温暖的感觉;文中描绘出了大胡子教授舒展的笑容,形象而生动地反映出大胡子教授对'我'的一片真诚。"我发现,学生掌握了解题方法后,这类问题便能迎刃而解。由此我想,教师备课还要"备学生",而"备学生"的有效方法是让学生用"蓝笔与红笔"做预习作业。因为这样就能做到知己知彼,指挥若定。一句话,如果教师在教学中架空学生,不论你讲的内容如何精彩,学生也不会买你的账。

    "蓝笔与红笔"的做法是我近两年来教学实践的一种尝试,它的重要性在于强调了学生的主动学习,还学习以过程,让学生在过程中体验和感悟。从中我也体会到,着眼于"减负增效",能较好地解决学生层次的差异性,使学生的学习潜力得到充分发挥。

(江同飞)

附录五

质疑体验法教学案例

上海市语文二期课改渗透了新的教育理念,强调语文的实践性、整体性和开放性。学习语文的方法有了明显改变,提倡多积累、多感悟、多探究。语文的学习目标也更全面,包括知识和技能,过程与方法,态度、情感以及价值观等等。

本文是"质疑体验法"的一个教学案例。

以初中语文八年级第一学期(H版)"质疑(一)词与句"为例。首先,教师确定本单元的主题是:"反思质疑方法,体验解疑策略"。主要步骤如下。

第一步:在研究中让学生学会质疑方法和解疑策略

请看第12课《白杨礼赞》(茅盾)的简案:

一、教学目标:

反思质疑的方法;体验解疑的策略;把握文章的主旨。

二、教学安排:

两教时(学会词与句质疑、解疑的方法和策略——初步尝试该方法和策略)

三、教学过程:

(一)前提性的知识:关于"质疑"及单元要求

质疑的一般方法,概括如下:

1. "三问"质疑:写什么、为什么写、怎么写。

2. 文章结构质疑:标题、开头、结尾、过渡、照应等。

3. 文体要素质疑:记叙类、说明类、议论类等。

4. 语言技巧质疑:词、句、段,表达方式、修辞手法、写作技巧等。

(二) 反思质疑方法,体验解疑策略

根据课文的前半部分作出的质疑示范,师生共同概括出以下各点:

1. 看似矛盾:"雄壮"、"伟大"和"单调"(不同角度,含义深刻)。

2. 看似违反常规,用法独特:"扑",比拟(有的用了修辞手法)。

3. 词义、句意、句式发生变化处(多问几个"为什么")。

4. 词序与句序的安排(比较不同的"序",效果有何不同)。

5. 词与词、句与句的关联(瞻前顾后、左思右盼)。

(三) 尝试:质疑的方法和解疑的策略

根据学到的有关方法和策略,对课文的后半部分进行自主式尝试。

(四) 小结

巩固学过的质疑方法和解疑策略。

第二步:在实践中让学生尝试质疑方法和解疑策略

根据"反思质疑方法,体验解疑策略"的研究主题,在初步了解了质疑方法和解疑策略的基础上,研究性地学习本单元的其它课文。

(一) 复习:质疑的方法和解疑的策略

（二）实践:反思质疑的方法,体验解疑的策略

运用相关方法,有针对性地学习本单元的其它三篇现代文:

第十三课《林中之冬》

第十四课《溏沱河和我》

第十五课《浮冰上》

以书面形式质疑和解疑。通过小组交流,筛选有价值的问题进行全班交流。教师作点拨指导。

（三）重构:让学生整合质疑的方法和解疑的策略

在前面总结出来的质疑方法、解疑策略的基础上,进一步补充拓展。例如:

第十三课《林中之冬》,抓住关键词"辉煌"、"壮烈"质疑,体会如何围绕关键词展开。

第十四课《溏沱河和我》,在行文的空白处质疑,领会空白的内容,体味空白的原因。

第十五课《浮冰上》,在看似平淡却含义深刻之处质疑,并且用心体会。

第三步:在反思中让学生创新质疑方法和解疑策略

先作单元小结。学生已学到的质疑的方法和解疑的策略:

1. 在看似矛盾处质疑。可以从不同角度分析,体会深刻含义;

2. 在看似违反常规处质疑。很可能是独特的用法,会有不同凡响的表达效果;

3. 在词义、句意、句式发生变化处质疑。多问几个"为什么";

4. 在词序与句序的安排或变化上质疑。比较不同的"序",效果有何不同;

5. 在词与词、句与句的关联上质疑。瞻前顾后,左思右盼,细加体味;

6. 抓住关键词质疑。体会如何围绕关键词展开;

7. 在行文的空白处质疑。领会空白的内容,体味空白的原因;

8. 在看似平淡却含义深刻之处质疑,并且用心体会。

…………

在此基础上让学生反思与创新,写一篇语文"质疑体验"学习小论文,题目是《我的质疑方法和解疑策略》。要求写出自己独特的发现和感受,包括观点和例子。学生已在教师指导下参与了质疑体验的全过程,教师可以在课堂上指导学生写小结,以提高学生的反思能力。

以上三个步骤之间的关系是:围绕一个语文研究性课题,经历探究、实践、反思并上升到理论的过程,使学生对质疑的方法和解疑的策略有了深刻的认识和具体的体验,完全改变了传统语文教学中学生被老师牵着走的状况。整个过程强调反思、体验、探究等高层次的语文能力。

这是一个非同小可的变化:学生以主动的心态、潜心的体验、执着的探究来学习和研究语文,从中感受到创造的乐趣和审美的情趣。

49

项目二　小学语文开放创新教学研究

更新教师观念，实现教学创新

新"课程标准"的实施，给教师专业化发展带来了一股强劲的东风，教师的专业化成长显露出时代特色。创新的时代赋予了教师创新的机遇，创新的事业为教师提供了创新的舞台。当代教师不仅要有专业的知识技能，还要有专业追求，做研究型的教师。在学校"项目驱动，骨干引领"理念的鼓舞下，一群处在教育教学第一线的年轻教师也主动参与其中。对于这些从事教育教学实践时间短、经验少的年轻教师来说，参加项目工作站的研究工作能够把自己的实践提高到理论层面，把以往的个人经验整理、推广成群体经验。结合小学语文教学的特点和当前教育教学的新要求，以及自身的研究条件，学校成立了"小学语文开放创新教学研究"项目工作站。工作站依托新"课程标准"和"新基础教育"理念，紧密结合课堂教学实践进行教学研究。我们力求通过项目工作站工作的开展，使工作站成员从"教书匠"逐渐转化为研究员，并在活动过程中带动其他一线教师，在校园内组建一支过硬的研究与实践并举的新型年轻教师队伍。

51

一、研究项目的提出

（一）教学中遇到的困惑

为什么会选择在小学语文领域开展"开放创新教学研究"呢？这首先要从我们在课堂教学中遇到的困难和感到的困惑说起。近几年，我们努力按照"新基础教育"的理念去教学，但是在实践中我们发现，平时的课堂教学并不能切实地达到"新基础教育"理念预设的教育、教学目标，课堂上出现了形式化、表面化的现象：在课堂上过分强调学生的"动"，让原本井然有序的课堂变得散漫、拖拉；为了迎合老师课上"动"起来的需要，引起同学和老师的注意，一些学生在课堂上炫耀自己，夸大、捏造事实真相；作文课上，学生口若悬河，滔滔不绝，讲得天花乱坠，待写成文章，却错字连篇。学生的发展和教学的效果竟然呈现"虚化"状态，问题到底出在哪儿？我校几个年轻教师经过反思、讨论后发现，自己以往过于追求形式上的变化，并没有切实理解领悟"新基础教育"理念、新"课程标准"的实质，没有真正找到课堂和新理念相结合的有效切入点。他们意识到，的确是到了静下心来，结合自己的课堂深入思考教学改革，用新理念武装自己、提高教学能力的时候了。

（二）学习新理念，确立开放创新研究方向

今天的课堂已不同于过去的课堂，三尺讲台、四十分钟已满足不了教学的需要，面对每天接收的信息量是成人的六倍的孩子们，开放的课堂，开放的学习空间，不断创新的、更适合学生的教学方法是我们在教改中首先要面对的课题。新"课程标准"强调要拓宽语文学习的内容、形式和渠道，使学生在广阔的空间里学语文、用语文，丰富知识，提高认识，增长才干，发展个性，让学生的学习产生实质性的变化，逐渐改变以

教师为中心、以课堂为中心和以书本为中心的局面,促进学生创新意识和实践能力的发展。教师们认识到,开展"开放创新教学研究",正是将新的理念和小学语文课堂教学实践有效结合的切入点,它能让教师在教学中时时刻刻都有明确的行动点,让新理念变得可操作。开放创新理论的学习给这些年轻教师的教改热情注入了新的生机和动力,坚定了他们通过组建小学语文开放创新教学研究项目工作站参与教学研讨和实践研究,提高自身教学水平,从而改变自己教学工作现状的决心。

二、项目研究队伍的组建和形成

项目工作站本身就是一个富有创造性、开放性和挑战性的工作,需要教师以建设性的态度和创造性的劳动,在教育教学实践中去发现问题,总结经验,拓宽途径。所以,工作站的教师必须具备较强的整合能力和创新能力,形成与时代相适应的新的教学技能。教师专业化发展的前景呼唤着教师,大家意识到,必须勇于开展教学的开放创新。

(一)突破个人发展瓶颈,形成项目合力

小学语文开放创新教学研究项目工作站的老师是一群平均年龄不到三十岁,有着强烈的求知欲和探索精神的小学语文一线教师,在多年"新基础教育"的实验中,他们已逐渐成长为教育教学战线的骨干力量。"新基础教育"是学校发展的一面大旗,自从"新基础教育"实验在学校全面铺开,这批年轻教师就加入了这一"千树万树梨花开"的教学领地,对教学价值定位有了新的认识。他们全身心地投入到教育教学实践中来,积极参加新基础语文教育教学的研讨,多次承担"新基础教育"代表团、现场会的研讨交流任务。他们从实践中体会到,开放创新之所以在"新基础教育"理念中被反复提及,正是因为开放创新的教学思路是"新基础教育"理念有效实施的高效平台。项目工作站的站长王冬华作为学校第一批骨干教师,首先提出了在课堂教学中尝试开放创新教学的研究方向,并在自己的课堂上开始了积极实践。她深知一个人的改变不可能带来教学实验的大突破,只有形成集体合力,才能打开课堂教学的新局面。通过一段时间的尝试,她在语文研讨活动中阐述了自己的观点,并通过研讨课、展示学生活动、主题作业等形式,让其他教师看到了课堂的变化和学生能力的发展。她的热情和决心极大地鼓舞了同办公室平行班的其他语文教师。何德伟老师是一位资深的语文骨干教师,吴颖川老师年轻而富有朝气,在教学中兢兢业业,敢于尝试新的理念、新的方法,他们主动提出加入到小学语文开放创新教学研究的实验中来。就这样,在学校的扶持下,在"新基础教育"理念和新"课程标准"的指导下,由一支年轻的教师科研实验队伍担纲的项目工作站成立了。工作站的成员不断用他们的观念和做法影响着身边的其他教师,使得这支队伍不断发展壮大。在教学中,他们力求通过开放创新的教学改革,把理念中的想法落到实处,让"新基础教育"变得看得见摸得着,让教学的变化看得见摸得着,让学生的变化看得见摸得着,让"形而上"的教育理念变得可操作。这批平均年龄不到三十岁的年轻教师以勤奋务实的身姿走在了学校"新基础教育"理论的研究前沿,得到了校领导、专家组的认可,成长为小学语文教学领域的骨干力量。他们在教学中发挥自己的特色,通过开放式的问题、情境、活动,引导学生联系自己的经验或体验去思考问题,通过收集信息、交流想法去解决问题,也就是通过开发学生的"原始资源",实现课堂教学过程中资源的动态生成。在他们艰辛而多彩的实践之路上，我们看到的不只是激情，还有新思想的火花碰撞。他们时时带着许多随时出现的新的疑惑，在思考着、讨论着、争辩着、实践着、探索着。他们结合语文学科特点及本校特色，达成了课堂教学是"多向互动，动态生成"式的教学过程的共识，希望通过自己的努力，把"新基础教育"理念更好地落实到教学实际中，有效地提高学生的语文能力和实际解决问题的水平，激发学生对语文更广泛的兴趣。

（二）突破观念束缚，挖掘开放创新实质

进行小学语文开放创新教学研究，实际上是在探索一种更有利于学生发展的教学模式，因而必须对教学模式本身有一个清醒的认识。如果说无模式的语文教学是处于教学幼稚阶段的话，那么拘泥于某种固定模式的语文教学就是在呆板地演练一套机械的程序；而真正有生命力的教学模式，总是随着教学实践、教学观念和教学理论的变化而不断发展的。项目工作站的成员认识到，语文教师要想有所建树，必须学习先进的教育理论，吸收本学科教改前沿的科研成果，摸索出适合自己的教学模式，并在教学实践中不断改进。

开放创新教学研究是一个范围很广的课题。开放是指语文教学内容的广泛性、形式的多样性、时间的延伸性和空间的扩张性。创新包括教与学两个方面，是要运用新的观点，展开新的思维，采用新的手段，进行新的探索。进行开放创新教学研究，关键要有开放创新型教师，这是因为教师是教学活动的领导者和组织者。在教学中，项目工作站的教师们深深感受到，学生是否具有主动性和创造性，与教师是否具有创新精神和创造性思维能力有关，与教师能否创造性地对学生进行引导有关。如何使项目工作站成员成为符合素质教育要求、能满足社会需要的优质教师？项目工作站的老师们认为,应该先从自我转变、自我建设、自我提升做起,首先改变自己的观念,确定开放原则。

教育改革的关键是思想的解放和观念的更新。项目工作站的教师们在不断学习体会"新基础教育"理念和新"课程标准"教育思想的基础上,努力使自己的教学思路也随着时代的前进、实践的发展而不断进步,与课堂教学的真实需要贴合得更紧。在项目工作站的交流活动中,一些教师谈到了自己对进行小学语文开放创新教学研究必要性的理解。大家认识到,我们的教育从古到今都提倡要"因材施教",这说明教学必须从学生的实际情况出发,教学目标一定要是动态的,多层次的。所以,在进行语文教学时,也应该要求自己有一颗开放的心,根据学生认知实际确定教学目标,并把目标分成上限目标、发展目标和下限目标,通过自身的努力,让各类学生在原有的基础上得到提高。同时要根据学生发展水平,正视不同的学生具有不同的知识水平、认知能力和兴趣爱好这一事实,创造条件,充分调动学生的学习积极性。老师们在教学内容上做文章,拓宽现有的教材,注重高品位的阅读和积累,有意识地扩展阅读内容,在尊重教材的基础上,把教材看作一种可以改造的客观存在,结合学生心理特点、年龄特点和学习水平,科学地处理加工教材,准确地自选教材,结合新教材、学校活动、传统节日和具体时事,帮助学生选取合理的阅读感悟材料。在教师的教育教学活动中,坚持把学生的发展放在首位,树立"以人为本"的教育教学观念。大家还认识到,课堂教学是发展学生素质的主战场,但它不是提高学生素质的惟一途径;教学要渗透在学生参与的各类活动中,渗透在社会、家庭、学校等学生成长的各个领域之中;要着眼于学生的可持续发展,懂得让学生学会探索未知比教会他们掌握现成的知识更为重要,让学生了解自己的潜能比教会他们一种技能更为重要。同时,要敢于对目前阻碍学生创新能力培养的教育教学现状说"不",培养学生用质疑的目光、否定的态度、发展的思路对教学现状经常进行反思,并进行不断的创新。在教学中,要提前为学生的开放发展、创新思维做好铺垫工作,避免天马行空式的表面文章,要结合文本,结合课堂教学,有的放矢地逐步培养学生的学习能力,不能急功近利,不能违背学生学习和能力发展的客观规律。教师们的这些观念,在项目工作站的研究过程中逐步转化为教学实践,使学生和课堂发生了巨大的变化。

（三）结合工作实际,制定可行的项目制度

项目工作站的老师们虽然个个都是一线的教师,虽然个个都是忙碌的班主任,虽然个个都有教书育人的繁琐工作,但是开展小学语文开放创新教学研究的热情丝毫不减。

1. 制定研究目标,凸显"总分"结合

为了把工作落到实处,不搞花架子,项目工作站首先制定了明确的研究目标:突破课本,突破课堂,突破考试,在教学过程中,培养学生听、说、读、写的语文能力,扩展学生的知识面,鼓励、引导学生广泛阅读、自由交际、创造写作,达到形成学生学习能力、发展学生个性特长、积淀深厚文化素养的目的。在此大目标的基础上,又把研究细分为几个不同的阶段,并制定了相关的目标和任务。这样,项目工作站的工作开展就成为一个环环相扣的系统化的实践研究过程,凸显出有分有合的原则。

2. 建立例会制度,形成交流渠道

项目工作站每个星期都有一次例会,组织老师学习理论,讨论在教学实践中遇到的问题,进行案例评析,特别是针对本年段学生的一些问题,修正前期的实验方法,结合后一阶段的工作,调整自己的实验做法。在例会中,每个人都能充分利用学习交流时间,结合自己在教学实践中的感受做好学习笔记。"新基础教育"理论的研讨促使老师们养成了良好的习惯,一味地赞扬、说好话在他们的学习研讨中是看不见的。他们还注重和其他老师、其他项目站的交流,汲取别人的长处。在日常工作中,他们利用网络,及时沟通,交流好的理论学习文章和教学个案。教师的脚步变得更匆忙,在课堂上变得更开朗,面对学生的奇思妙想,他们给予了更多的微笑和引导。

3. 养成动笔习惯,形成科研氛围

项目工作站成立初期,几个年轻人凭着热情做了很多工作,但是因为没有良好的动笔习惯,许多当时的心得、想法过后就淡忘了。这让他们认识到保存文字材料是科研尝试中多么有价值的一件事。他们及时调整自己的做法,在项目工作站内实行明确的文字"四个一"制度,即每个教师每学期要完成一篇论文,每个月要完成一篇教学心得或一篇典型课例,每学期开展一节研讨课并要及时地、有目的地在教学实践的基础上进行理性反思和互动评价,每学期要完成一份试卷的命题或设计一次语文活动。在项目工作站的工作思路上,他们提出了"三个一",即同伴互助、实践反思、主题引领专业化发展,将这三者有机结合,使项目工作站的活动更富有成效和活力,并不断提升研究内涵。

三、目前取得的阶段性成果

(一)使学生的学习发生了变化

这种开放教学目标,开放学习内容,开放学习时空,开放评价方式的教学活动让学生在比较宽松、良好的环境中，在教师精心设计的场景、氛围里有目的、有计划地接受知识，从而培养了学生学语文的兴趣。老师们在课堂上开展了形式多样的语文学习活动，如让学生关注身边事，引导他们观察生活，采访身边人，了解自己的成长经历，了解父母儿时的趣事，制作个人文集和父母书信集等，让学生关注社会上的事，进行社会调查，了解春节习俗，收集古今春节诗词佳句、对联美文，学习中国传统文化的精髓，了解社会生活，并在这些活动中培养学生的学习能力。这样做，不仅可以使学生进一步理解他们在课堂里学过的知识，还可以看到祖国的大好河山和上海飞速发展的现代化建设，潜移默化地接受语文教育。项目工作站的老师们常常在课后引导学生建立新的学习方式，运用信息技术，安排一些让学生接触实际、接触社会的语文学习活动。在语文教学活动中，着眼于学生的学习方式的改变，着力拓展学生语文学习的时空，引导学生多角度多层面地进行语文实践，如古诗诵读实践，自制手抄报实践，自编作文集实践，课本剧实践，小实验实践，讨论辩论实践，信息资料搜集交流实践等，引导学生充分经历语文活动的过程，鼓励他们去获得有独特发现意义的不同结果，为他们创造能充分张扬个性、追求创新的一方蓝天。

在语文教学中坚持以学生为活动主体，鼓励大家交流、分享，既提高了学生的语文能力，又利于学生主动性的发挥。当学生在学习活动中产生疑问时，老师一般不直接给出答案，而是鼓励他们利用学过的知识、手段来处理问题，通过讨论、争辩，得出自己的结论。总之，在语文开放创新式的课堂实践中，这些年轻的老师们既注重体现学生的主体地位，又发挥了教师的主导作用，既给学生充分的动手、动脑的时间，又给学生充分的交流、讨论的空间,尽量将语文教学与学生的生活实际紧密结合,使语文开放创新教学活动真正成为语文学科教学的补充和延伸,使学生的创造力得到更好的培养和发挥。

（二）形成了新型的师生关系

项目工作站的老师还在新型的师生关系上寻求突破。开放教学的师生关系以民主平等为核心,带来师生心灵间的沟通与相互影响。项目工作站的老师们认识到,现代开放教学下的教师不是学生的领导,而是学生的朋友,师生之间在人格上是完全平等的。教师要敞开自己的心扉,把自己放在学生朋友的位置上,去感受他们的喜怒哀乐,与学生的心灵沟通,以心灵感受心灵,以情感赢得情感,给学生以亲切感、朋友感,从而营造一个自由开放的学习环境,使学生焕发出巨大的积极进取的精神与活力。为了做好学生的朋友,老师与学生开展"说悄悄话"的活动,学生把自己学习与生活中的快乐、烦恼与苦闷用"说悄悄话"的方式告诉老师,老师以大朋友的身分与小朋友共享快乐或疏导学生。在教学过程中,老师不是命令学生学这做那,而是与学生商量学什么,怎么学。我们常常听到老师这样发问:同学们准备好了吗？你的想法呢？这种语文开放创新教学建立在人的能动性与主动性上,它打破了课堂的四壁,打开了人的学习境界和地域,延伸了人的视觉和听觉,调动了人的全部感觉,使学生获益匪浅。

在参加小学语文开放创新项目工作站的老师的课堂上,我们能深深感受到老师对学生创新开放思想萌芽的精心呵护。他们以开放的方式评价学生,尝试对学生进行发展性评价,变单纯的根据一张试卷评定为多角度、多方位综合知识与能力的测试,引导学生注重发展主体个性,促进学生综合素质的协调发展。评价的方式灵活多样,考核时间采取平时、阶段、终结相结合;评价形式采取口试、笔试、动手操作相结合;评价方法采取教师评、小组评、自我评、家长评相结合。另一方面,在学生中展开评价反思活动,并将这种反思活动分为"我眼中的自己"、"来自朋友的鼓励"、"任课教师的呵护"、"得失我计算"、"家长的期盼"5 个部分。实践证明,这种从形式走向过程、从平面走向立体、从个体走向集体、从项目站内走向项目站外的新型评价方式能对学生语文学习的情况进行有效的诊断和激励,能有力地挖掘学生的潜能,帮助学生确立自信,大大激发了学生的学习兴趣和参与各项活动的热情。

(三) 教师队伍的辐射成长

教育是一个民族生存、发展、振兴的灵魂和动力。开放创新的语文教学打破了一本书、一间教室、一个教师、一个答案的封闭局面,实际上是凸显了语文教学在人文教育方面所起的作用,着重于语文教学对学生智力、个性和创新精神的培养,突出语文教学对学生整体素质形成的影响。学生表现出来的差异和创造也将推动教师的提升和发展,引发教师去学习、思考、创造,从而形成一个良性循环。在师生的共同努力下,这种循环会不断地向更高层次发展。

在项目工作站的活动中,我们不仅看到了学生和课堂的变化,不仅看到了"新基础教育"理念的有效实施,更看到了一支年轻的、有创造力的教师队伍在成长。在以往的教科研活动中,教师之间的合作与交流很少,备课、上课均是教师一人独立完成,"暗自竞争比分数"的现象普遍存在,"保守派"人员较多,所以开放、创新、科研始终无法形成"大气候"。项目工作站的成立打破了这一沉闷的局面,唤醒了教师的创新意识,让新"课程标准"理念转化成教师的教学行为,使课堂焕发出青春的活力,燃烧着生命的激情。项目工作站用一流的教育理念武装教师,为每一位教师打造一个专业化发展的广阔平台,培养出了一批名师、教学能手和学科带头人。工作站在学校范围内组织专题研讨,邀请全体语文教师都投入到活动中,通过开展研讨课、评课、专题研讨、心得交流等活动,扩大项目工作站在学校语文教学中的影响;工作站成员的课堂教学和论文给其他教师树立了很好的典范,打开了其他教师的教学新思路,有效地提升了全校教师的专业水平,使语文教学变得更加扎实有效。开展项目研究工作的主要目的,是要促进教育观念的更新和教育教学实践行为的改善。为此,项目工作站的老师们一方面从实践中提炼自己的成功经验,另一方面又主动学习和借鉴他人的成功经验,并力求推陈出新,力求在探索性的实践中有所发现,有所创造。创新型教师应该既是学者,又是教育教学理论的实践家;创新型教师必须是科研型的教师。2005 年底,该课题被认定为区级研究课题。

新世纪雄伟的交响乐已经奏响,新世纪的教育是一个充满朝气的强有力的乐章。时代呼唤创新型人才,开放创新型人才的培养需要开放创新教育,开放创新教育呼唤具有开放创新素质的教师。广大教师只有改变观念,树立开放创新意识,以开放创新精神和开放创新实践谱写教育篇章,才能培养出大批能够从容面对未来社会挑战的高素质人才,使中华民族巍然屹立于世界民族之林。

开放创新理念指导下的
小学语文寒假作业
——《我的春节发现》语文学习实践
活动的设计、指导、实施及反思

[活动目标]

1. 训练学生在开放的生活课堂里搜集、整理、处理信息的能力和实践创新能力。

2. 倡导自主、合作、探究的学习方式,培养学习探究精神和实践能力,提高学生"听说读写"的综合能力。

3. 凭借"春节"这个载体,了解有关的民间艺术和民间风俗,传承民族文化,提高学生人文素养。

4. 为学生铺设一个张扬个性的舞台,培养富于创造性的人格,锻炼学生结合生活实践发展自己的口头表达和书面表达的能力,增强学生学习语文的兴趣和成就感。

[活动主题]

我快乐、我实践、我发现、我成长

[活动时间]

2006 年 1 月 21 日—2 月 12 日

[活动课题的提出及设计意图]

春节是中国的传统节日中最受关注的一个节日,它是

63

一种传统文化,涉及民族风俗、历史文化等内容。随着时间的推移和社会的变革,春节习俗被日益简化,许多学生对春节的理解只停留在很肤浅的层面上,甚至不及对西方圣诞节的认识。寒假之际,我抓住这个民族传统文化点,引导学生通过对春节文化的探寻进行一次语文综合性学习,要求学生运用已有的语文知识,在生活中学习语文,发展语文能力,使学生切实感到语文就是生活,在活动中传承民族文化,从而提高人文素养。这次活动的切入点是借助于学生对春节的向往和对过节的兴趣,引导学生学会观察和分析,初步培养学生探索社会文化现象及其根源的能力,同时巩固学生对资料的收集能力、动手能力和小组合作的能力。活动开展过程中,需要学生自主地进行大量阅读,无论他们原有的语文基础如何,语文素养是高还是低,都能通过这种阅读有所收获。活动中,需要对资料进行分析整理,需要记录活动的情况,需要交流活动所得,这无疑将促进学生运用语文能力的发展,很好地体现在用语文中学语文的理念。

[活动理念和理论支持]

新"课程标准"指出:"学生是学习和发展的主体。语文课程必须根据学生身心发展和语文学习的特点,关注学生的个体差异和不同的学习需求,爱护学生的好奇心、求知欲,充分激发学生的主动意识和进取精神,倡导自主、合作、探究的学习方式。"在这次语文综合学习活动中,学生可以自主地选择学习的目标,包括达成这种目标的方式、方法,学生的主体地位得到重视,自主精神得到培养,语文素养也在这过程中得到提高。语文是工具性和人文性高度统一的学科,这次综合性学习将提高学生发现问题和解决问题的能力、搜集和处理信息的能力、综合运用语文的能力和创造性,学生在学习活动中获得的学习生活、社会生活的体验,以及美的熏陶和享受,都将沉淀在学生的生命里,成为人格的一部分,形成完整的素质结构。

[主要活动]

1. 查资料(上网,查阅书、报、杂志)

2. 调查、访问

3. 探讨、比较(历史差别,地域差别等)

4. 收集文字、图片等资料,制作彰显个性特色的调查报告

[活动过程]

一、准备阶段

让学生通过讨论,明确活动的内容是春节文化探寻。利用春节假期,自己动脑动手,有目的地进行亲身体验,利用书籍和网络,通过采访亲戚、朋友、长辈等渠道获取有关信息,并对信息根据自己的主题需要进行归类整理,将自己的探寻成果创造性地展示出来,制作成学习小报告。

二、 活动调查

1. 在学生讨论过程中为学生的学习基础进行定位

学生对春节都有一定的感性认识,但只局限于放假、吃年夜饭、拜年、压岁钱等认识上,对春节的真正了解并不多。为了让每一个学生都能在活动中得到锻炼,教师要帮助学生确定学习切入点,打开学习思路,让他们认识到这次综合语文学习活动的内容和形式都不是单一的。譬如,单从内容上划分,就可以列出好几个专题,如:春节的由来与神话传说;春节的风俗禁忌;春节的食文化;春联及反映春节的名文佳句等。

2. 帮助学生设计学习报告的部分内容

（1）我在活动过程中学到的生字

（2）我在活动过程中积累的新词

（3）我收集到的春联

（4）我收集到的春节的吉祥话

（5）我收集到的有关春节的诗

（6）我收集到的有关春节的佳句、传说

（7）我发现的有趣问题

（8）我的小报告

（9）其它有一定个性的内容

三、活动反馈

1．课堂交流，扩展探索

（1）活动简单总结

教师回顾本次活动的过程及活动取得的成效，谈自己的体会和收获。

（2）讨论交流

组织学生分组讨论交流，教师参与，并对学生进行鼓励。

（3）延伸探究

教师对学生获得的新知识进行扩展和归纳，表扬有突出表现的学生。

2．展示小报告，书面交流

学生以书面报告形式反馈教师提示的探寻内容，反映在探索学习的过程中学到的生字新词、名诗佳句等语文知识，交流搜集到的春联、吉祥话、神话传说等民俗历史知识，阐述自己对各地春节习俗如放鞭炮、拜神以及中韩春节的不同习惯等问题的看法。

（王冬华）

附:项目工作站对此次活动的分析评价

学生参与的积极性很高,全员投入,七名中文基础有限的外国学生也积极地投入到这次综合实践活动中来,可见活动设计的切入点能够和学生的兴趣、语文学习水平紧密结合。

《基础教育课程改革纲要(试行)》指出,应"倡导学生主动参与、乐于探究、勤于动手,培养学生搜集和处理信息的能力、获取新知识的能力、分析和解决问题的能力以及交流与合作的能力。"这就是综合性学习的价值所在。这次"春节文化探寻"语文综合学习活动,利用开放生活大课堂,把听、说、读、写与学生的活动整合在一起,给学生广阔的自主学习、创新发展的舞台,努力为学生构建了课内外联系、校内外沟通、学科间融合的语文学习空间,获得了理想的效果。这次语文学习活动在凸显学科性特点的同时突出了实践性,很好地体现了语文知识的综合运用、听说读写能力的整体发展、书本学习与实践活动的紧密结合。在这次活动中,学生产生了强烈的参与意识和合作意识,人人主动积极地投身其中,乐于并善于与他人合作;活动由学生自主组织,教师通过点拨或共同参与进行指导,重视学生在活动中的探索、体验、发现和创造。教师在整个活动设计实施的过程中充分尊重学生的个性、兴趣和爱好,让他们根据自己的实际情况自主选择探索主题,寻找合作的伙伴,教师只是以指导者的身分参与学生的活动,并通过师生互动性的对话,适时对学生进行点拨。本次活动以开放的课堂、创新的学习方法发展了学生学习语文的能力和兴趣,同时也是对学生自主学习能力的一次客观有效的评估,对项目工作站后期工作的开展和研究目标的修订有积极的推动作用。

这次活动也有不足的地方,主要是活动的时间安排在假期内,不利于及时解决学生在活动中出现的问题。

利用文本资源进行课堂开放扩展练习的教学设计研讨

[研讨目标]

力求通过本次研讨活动,促进文本的利用和课堂资源的开发,提高教师利用文本资源进行课堂开放扩展练习的设计能力,达到有的放矢地提高学生语言能力的目的。

[活动准备]

1. 前期理论学习及学生状态分析

2. 通过项目工作站的活动,确定研讨目标和研讨关注点

[活动过程]

一、课堂教学

课题:一束白色的栀子花

教学目标:

1. 自主识字若干个。了解文中"依偎"、"纯洁无瑕"、"芳香沁人"、"揣想"、"馥郁"、"温馨"等词语的意思

2. 有感情地朗读课文,感受母爱的伟大

3. 理解句子含义,积累语言

教学过程:

1. 观察画面,揭示课题

(1)出示画面:观察画面,即兴发言

（2）让学生看一组画面,把最真切的感受说出来

（3）出示画面:四幅栀子花图

（渲染一种与课文基调一致的氛围,以情感来激发学生的求知欲）

（4）让学生用一句话形容一下栀子花

（5）点题:《一束白色的栀子花》

（6）板书:一束白色的栀子花

2．自由朗读,整体感知

（1）自由读课文,边读边划出描写栀子花的词语

（2）填空:（　　　　）的栀子花　（　　　　）的栀子花

　　　　　（　　　　）的栀子花　（　　　　）的栀子花

（引导学生积累好词）

（3）感情朗读描写栀子花的句子,指导背诵

（4）提问:生日时收到鲜花是件平常的事,为什么要写下来?

（5）结合文中有关句子,学生交流自己的感受

（在反馈中了解课文的主要内容,初步感知文本）

3．静心潜读,导读感悟

（1）指导朗读写妈妈"推波助澜"的句子

（2）提问:从妈妈的推波助澜中你知道小姑娘是个什么人?

（3）提问:她还有可能做什么好事?

用上"是不是、会不会"等词,发挥想象,为小女孩的揣测推波助澜

（激发学生大胆想象,既进行了语言训练,又丰富了想象,培养了创新能力）

（4）你觉得这个小女孩可爱吗?你觉得她快乐吗?

理解句子意思:"我实在……关心与爱"

（通过理解句子意思,帮助学生感悟课文内容。在学习过程中,鼓励学生大胆发表自己的感受,创设良好的意境,多方位地培养学生的语文素养）

4. 拓展写话,提升主题

（1）配乐朗读课文结尾,说说这束花到底是谁送的

（2）提问:妈妈为什么这么做?

（3）以多种形式,有感情地反复朗读文章结尾

（4）让学生设想自己就是这个小女孩,把最想说给妈妈听的话写下来

（通过写话练习,拓展学生的创新空间,帮助学生进一步体会文章的深刻含义,积累语言）

二、教学反思

《一束白色的栀子花》是一篇内容和文字兼优的叙事散文,讲述了一个女孩在每年生日的时候,都会收到一束白色的栀子花,但是那个神秘的送花人始终没有出现,直到母亲去世后,她才明白送花的人其实就是她母亲。母亲想以此来激励她多做好事,并让她体会到帮助别人是一件快乐的事。课文语言优美,词语丰富,句子变化错落有致。阅读这篇课文时,我让学生通过反复朗读感受到祖国语言文字的优美,体会句子的深刻含义;通过大量的思考、讨论,引导他们理解母亲的良苦用心。最后,以拓展写话的形式深化了课文的主旨。我在教学中做到了以下几点:

1. 创设情境,开辟创新之源

我在导入新课时,出示了4幅栀子花的图片,让学生谈谈自己最真切的感受,渲染了一种与课文基调一致的氛围,以情感来激发学生的求知欲。看着这些优美的画面,一句句生动

的话语自然而然地从学生口中流淌出来,达到了语言训练的目的。为了突出母亲的良苦用心,我将文章的高潮部分放到最后出示,努力为学生创设质疑情境,拓展他们的想象空间,取得了极佳的效果。此外,我还将一些带有思考性和争议性的问题让学生进行小组讨论,为他们创设交流情境,变"个体学习"为"集体合作"。学生在合作交流中,不时迸发出智慧的火花。

2. 启发想象,培养创新精神

在学生学习了"妈妈的推波助澜"这部分内容之后,我进一步激疑:"她还有可能做什么好事? 你能用上'是不是、会不会'等词,发挥想象,为小女孩的揣测推波助澜吗?"学生的小手如雨后春笋般兀立桌面。有的说:"会不会是我每天都去为楼上失明的老奶奶读报纸,而今她以这样的方式向我表示感谢。"有的说:"是不是我经常去擦拭小区的健身器材,居委会以这样的方式向我表示感谢。"……当然,这些都是学生的想象,但没有想象;哪有创造? 这一环节的设计,既进行了语言训练,又丰富了想象,培养了创新能力。

(何德伟)

附:项目工作站评价意见

《一束洁白的栀子花》是一篇感人至深的文章。教师在对文本的设计上体现了"两个开放,一个创新"。通过阅读,当学生感悟到小女孩身上的可贵品质——助人为乐时,教师顺势让学生想象这位女孩还会做哪些好事。相信学生一定会去寻找身边的好人好事,把它添加给女孩,让她的形象更丰满、美丽。在最后的拓展练习中,教师安排学生扮演文中的女孩,给去世的妈妈写段心里话。学生在理解文本、体悟中心的基础上,一定有话可说,把内心的感受向妈妈倾诉,以报答妈妈的恩情。教师在对教材的处理上也别具匠心。教学前,他把文章的结尾刻意隐去,给学生造成悬念:花是谁送的? 最后在优美的《鲁冰花》乐曲声中,教师深情地揭示了结尾。学生恍然大悟,体会到母亲对孩子教育的良苦用心。这处创新正是教师的点睛之笔。本文的教学设计体现了工具性与人文性的统一。教师充分挖掘其中的人文价值,借助本篇课文的特点,将识字、朗读的指导置于课文内容和学生生活经验的整体环境中,调动学生的生活经验识字解词。朗读从整体入手,引导学生顺着课文的线索读书,让学生多次体验课文内容,通过讨论、对话、补充来理解课文,真正实现与文本的对话。本文的教学过程还体现了个性化的学习方式。教师充分地调动学生的学习主动性,通过师生自然的亲近的对话交流,营造宽松和谐的学习环境,通过大量的语文实践活动,创设宽广的学习空间,鼓励学生大胆想象,发表自己独到的见解,特别是重视学生的独特的体验。同时,教师关注每一个学生,特别是学习有困难的学生,给予他们展示的机会。面对全体学生,创设选择的空间,面对每个学生进行有针对的指导,真正体现了个性学习的有效策略。

附录三

项目工作站让我的小学
语文教师角色更出彩

　　我来到新基础教育实验学校工作后,学习、实践、研究的机会多了,在研读新"课程标准",学习"新基础教育"理念的同时,自己也开始思索,并制定了个人专业化发展的规划。后来,学校成立了"小学语文开放创新教学实验研究"项目工作站,工作站的成员都是一线的年轻教师,他们思维活跃,眼光敏锐,敢于创新。为了充分利用好学校为我们这群年轻教师搭建的平台,使自己在语文教学的各方面更显"开放",使自己的专业化发展更见实效,我也参加了这个工作站的研究工作。

一、"开放"前的困惑

　　要开放,首先要解放教师的思想。许多教师习惯于传统的语文教学方式,面对改革的要求,感到苦恼万分。我也想过:教材一旦开放,自己的备课量就会成倍增加,老教材、新教材、与语文学科有关的拓展课程都需要我去分析研究,所花的时间可想而知;原本"一问一答"的课堂模式若被打破,教师"教"的作用如何体现? 面对学生五花八门的想法,又该如何招架? 对于那些根据学生兴趣和水平布置的"开放式"作业,教师批阅的难度明显加大,特别是作文,最好的办法是根据不同学生的实际情况进行面批,可精力与时间何在? 这些困惑促使我去反思这样一个问题:我们为什么要开放? 陈旧的教学方式已经严重束缚了学生的健康成长,学生对学习的厌倦以及应试教育的弊端已显山露水,改革势在必行。新"课程标准"一再强调要以学生的发展为本,坚持全体学生的全面发展,关注学生个性的健康发展和可持续发展。我深知教师的职责所在,给教师"施压"是为了更好地给学生"减负"。在这样一个认识的基础上,我决定:即使前方荆棘丛生,自己也要勇往直前。

二、"开放"时的艰辛

　　工作站成立后,我阅读了大量有关"开放式教学研究"的理论书籍。在学习中,我对语文教学的"开放"和"创新"有了更为全面、科学的理解。同时,通过学生、家长的问卷调查,我也对学生学习语文的现状进行了分析,了解了学生选择语文教师的标准和他们心中喜欢的语文课。通过集体备课,我上了一节研讨课,鼓足勇气,试着摆脱以往陈旧的教学手段,把课堂的主动权真正还给学生。在评课中,工作站的老师们在给予我鼓励的同时,也引导我深刻反思了自己在教学中的成与败。大家一致认为,采用新的教学方法后,课堂活跃了,学生喜欢听课了;但与此同时,又对学生是否扎实掌握了所学知识表示出了疑虑。随后的作业反馈证明了老师们的担忧。重建中,我明白要营造"忙而不乱"的课堂,教师的引领作用是非常重要的。"开放"的最终目的是为了提高教学效率,提升教学质量。每一次的开课,评课,反思,重建,我都倍感辛苦,但想到自己是个勇敢的尝试者,看到自己教学的翅膀越来越坚硬,那种"累而快乐着"的感觉就会油然而生。

教学中可开放的内容有很多,经过商量,项目工作站决定每一个成员负责一个方面的专项研究。我的任务是致力于"教材的开放"的研究和开发。

"教材的开放"可以是对课本教材的开放。每学期初,我对新旧教材中的课文进行梳理、整合,把同一主题或同一题材的文章编成一个单元,选择其中的一至两篇作为精读课文,其余的则为以培养学生学习能力为目的的阅读课文。这样的编排使原本以学习老教材为主的学生同时获取了课改教材的知识,增大了学生的阅读量,也使"课本教材的开放"得以实现。

"教材的开放"还可以是对生活教材的开放。每天的信息发布会,每周的阅读课,学生忽而成为信息员,交流自己在日常生活中的所见所闻;忽而又当起了小老师,为大家朗读,讲解自己喜欢的作品。这些来自于生活中的教材,在课堂中进行了传递、交流,丰富了学生的知识,"大语文"的精神由此体现。"阅读教学的开放"、"作文教学的开放"、"开放式的评价"都成了站内成员研究的对象。虽然艰辛,但我们不在乎,在改革的道路上一往无前的决心丝毫没有动摇。

三、"开放"后的喜悦

经过在站内一年时间的学习、研究、实践,我的教学观念日渐转变,业务能力日趋成熟,"开放"让我尝到了"甜头"。作为一线教师,我不缺经验,但教科研能力不强。项目工作站的建成,促使我大量阅读专业书籍,学习教育理论,及时接收信息,并养成了经常动笔的习惯,向成为"学术型"教师的目标迈进了一大步。

当然,"开放"的最大收获者是学生。如今,他们敢于在课堂中张扬自己的个性,发表自己的见解;他们可以自由选择自己喜欢的富有挑战性的作业;他们重视老师所给予的日常性评价,喜欢淡化分数的等第制。"开放"后,学生再也不觉得学习语文"枯燥"了,特别是不少原来的后进生,他们重新拾起了学习的信心,主动走进学习语文的大课堂,进步显著。在动态、开放的语文实践过程中,学生得到了不同程度的提高,为他们日后的发展打下了坚实的基础。

　　我禁不住要为我们小学语文开放创新教学研究项目工作站做个广告:项目工作站,让教师更具智慧的魅力;项目工作站,让学生更显对语文的热爱和追求;项目工作站,让语文教学更为精彩,也使语文教师的角色更加出彩!

77

（吴颖川）

项目三　推动"中文广泛阅读"活动的探索与实践

以"中文广泛阅读"浸润师生的文化素养

一、"中文广泛阅读"项目的确立

"新基础教育"理论和实践的探索,是以改变师生在学校的生存方式为深层目标的,它的每一项实践,都与中小学丰富多彩的教育教学工作联系在一起。我校启动的"项目驱动,骨干引领"的研究,是为了调动全体教师尤其是骨干教师的热情,从学校教育教学的各个层面上探索改革途径,打破传统的已不适应当代师生发展的教育教学模式,从根本上改变师生在学校中的思维、工作、学习状态,让师生在比较广阔的生存空间里,少一点束缚,多一点个性;少一点被动,多一点自主;少一点保守,多一点进取,使学校真正成为师生主动发展的生机勃勃的育人场所。

中文阅读教育不只是语文学科教学范畴中的一个概念。从"新基础教育"理念的角度去研究,作为一个中国人,他一生中的许多时光将浸渍于中文阅读的生活实践之中,与"中文广泛阅读"发生着十分密切的关系。因此,我们必须认真研究如何改变中文阅读教育的观念,改革语文教学中"阅读教学"的方式,走出一条现代化中文阅读教育之路,从而改变

79

师生在这一范畴的"生存习惯和方式"。据此,我们确立了推动"中文广泛阅读"活动的探索与实践这一研究项目。

我们是从以下视角来认识"中文广泛阅读"活动的价值和意义的。

首先从时代的进步来看。随着科学技术的发展和信息时代的到来,学生生活于其中的世界正在以比我们的学校教育发展快四倍的速度变化着。目前,课程改革和教法更新都明显滞后于时代的变化,引领学生进行广泛深入的自主性课外阅读,正是让我们的学生突破课堂的限制,走出象牙塔,认识缤纷世界,融入多彩时代的重要途径。

其次从学生的阅读现状来看。在调查中我们发现,我校学生目前的中文阅读范围十分逼仄,漫画类读物占据了阅读总量的过大比重,而"步入经典"、"涉猎科技"的面很小,阅读量也少。每天阅读半小时之内的学生占总数的62%,而从不进行课外阅读的学生几乎占到了总数的12%。中文阅读之所以会出现这样的状况,除学生自身因素外,关键在于在实际教学实践中缺乏具体的、可操作的阅读课程标准,包括读物的选择、实施的方法、时间的安排及评价考核等。缺乏能够适应时代需求、与时代共同发展的有思想、有创举的专业教师则是一个更为重要的原因。

再从语文教学改革的要求来看。"二期课改"规定:义务教育阶段的学生在九年中的阅读总量应达到800万至1200万字,即使按《全日制语文课程标准》,小学阶段也应完成145万字的阅读量。如果我们依然将中文阅读教学目标定位于只是要求学生读懂课文,而不是通过有计划的广泛阅读去学会阅读,那么,学生的知识视野是无法扩展的,学生的阅读能力也是无法提高的。

结论是明确的:中文广泛阅读是学生在校生活学习的主体内容之一,中文阅读的改革必须走"广泛阅读"教学的道路,而广泛阅读教学必须从实践中开始探索,逐渐积累经验,并推而广之。本项目的追求目标,便是开启"中文广泛阅读"教学活动之门,在探究基础性语文课程教学的同时,扩大教学领域,将"中文广泛阅读"同语文拓展型课程和研究型课程结合在一起,以"中文广泛阅读"项目工作站作为一个渠道,引领师生在教学实践中努力完成学生中文阅读的总量,提升师生语文阅读教与学的能力,并且在这一教育教学实践中锻炼专业化教师队伍,形成新的教学模式,从而走出一条教学新路,为"新基础教育"理论与实践的库藏增加财富。

81

二、"中文广泛阅读"项目的启动和推进

学校为了提高办学质量,体现现代教育的办学思想,对教师主动追求专业化发展的路径进行了探索,确立了"项目驱动,骨干引领"的指导思想,建立了一批形式多样、研究内容广泛的项目工作站。在"中文广泛阅读"这一工作站里,集合了一群志同道合的语文教师,他们在领衔教师的组织下,开展了有计划的推动中文广泛阅读活动的探索。这一工作站的实践带动了学校的文化建设,探索了课堂教学规律,更促成了这一教师群体中每一位教师的成长。几年来,这一工作站的实践取得了明显的效果,引起了师生、家长乃至师资培训部门的广泛关注。

(一)"中文广泛阅读"项目工作站的建立

"中文广泛阅读"项目工作站是一个教学研究平台,更是推动学校文化建设的平台。工作站成员相对年轻,充满活力。全体成员均在语文教学第一线,任教年级涵盖中小学低中高

各年级段,且都承担着学校各类文学社团的指导工作。这样一个集体,对开展"中文广泛阅读"的专题研究和实践活动有着很大的优势。

工作站成立后的第一件事,便是对本校学生的中文阅读状况作前期调查。由于学校处于成熟的社区内,学生来源广泛,视野开阔,部分学生还接受过境外教育,受应试教育观念的束缚较少,因此,对"中文广泛阅读"教学活动的开展,家长和学生多持理解、支持和合作的态度。调查结果显示,尽管目前学生的总体阅读状况不容乐观,但文本阅读依然对学生有较大的吸引力,超过65%的学生选择"喜欢"和"非常喜欢"阅读,"不喜欢"阅读的学生仅占20%。这一信息极大地鼓舞了工作站的全体教师。他们意识到,如果一所学校能有序地开展中文广泛阅读活动,学生对中文阅读兴趣不高的局面一定会逐渐得到改变。

重要的是对"中文广泛阅读"的定位。对"广泛"一词,我们有三重界定:阅读对象必须"广泛",即发动全体师生投入广泛阅读活动,并鼓励家长积极参与;阅读范围必须"广泛",要把传统中狭义的语文阅读概念转化为"大中文阅读"概念,将师生阅读的疆界拓展到文理各科;指导"中文阅读"的老师分布的面必须"广泛",从单一的语文教师拓展到所有学科的教师。当然,语文阅读教学作为一门学科的教学,自有具体的教学功能定位,但由于语文教学课外阅读是"中文广泛阅读"活动的重要组成部分,因此,"中文广泛阅读"工作站便把广泛阅读的教改内容与语文教学改革自然地结合在一起。

(二)"中文广泛阅读"项目的启动

从"广泛阅读"的宗旨出发,工作站活动一启动,便确定了自己的研究目标——结合"二期课改"精神,拓展学生的阅读视野,探究课外阅读的规律和指导方法,形成一支开展"中文广泛阅读"活动的骨干教师队伍。

从这一目标出发,工作站研究了本课题拟解决的关键问题和课题自身的特色创新问题。这个"关键问题"就是:冲破长期"应试教育"的桎梏,达成各科教师重视"中文广泛阅读"的共识,强化语文教师教学改革的责任感和信心。可以形成的特色是:根据本校学生来源多元化的特点,探索在不同层次学生中推行"中文广泛阅读"的道路,从而使"中文广泛阅读"活动增加其现代性和国际性的内涵。同时,项目工作站在学校支持下,妥善地将"中文广泛阅读"纳入固定的课时,以确保这一教学创新活动的顺利启动和稳步推进。在启动阶段,我们的辅助工作还包括:

1. 按教师、中学生、小学生三个层面推荐好书。工作站在广泛征求师生意见,作出调查问卷分析的基础上,借鉴相关读书书目,结合本校实际,拟定教师、中学生、小学生阅读书目各 100 种,其中经典读物和科技应用读物都占了一定比例。在经典作品中,顾及中外名家名作,同时也让流行读物与经典名著"平起平坐"。这样的做法,既有利于阅读的普及,又有利于阅读的提高。工作站设有信息员,配合图书馆每月提供阅读信息,推荐好书,有步骤地引领师生自主地投入"中文广泛阅读"活动。

2. 开通"中文广泛阅读"网络,使之成为全校师生的阅读交流平台。

3. 拟定培训图书管理"领袖生"计划,由图书馆负责教师会同"红读小组"指导教师,以拓展型课程的形式,对"领袖生"进行每周一次的培训,让学生参与图书馆进书、借书、评书的工作,激活图书管理资源,推动"中文广泛阅读"。

4. 在工作站的提议和具体部署下,学校总务处为每班配置一个书橱作为班级书架,学生将自己读到的好书随时推荐给同伴。

5. 进一步沟通班级与图书馆的联系,设立书籍借阅排行榜,对每月各班借阅情况进行统计。

6. 确定每周二中午为全校的"午间阅读"时间。

(三)"中文广泛阅读"项目的推进

1. "中文广泛阅读"是一个巨大的教学工程。在活动的推进过程中,工作站始终注意处理好以下四方面的关系:

(1)中文广泛阅读和学生终身发展的关系。开展"中文广泛阅读"活动,是有效提高学生阅读能力的一个举措,它的阅读目标、阅读内容都与每一个学生的全面和终身发展相关连。

(2)阅读与指导的关系。"中文广泛阅读"的教学是课外而且"广泛"的,自然不同于课堂内的语文教学,但它依然十分注重指导的环节,而工作站的老师就是要在"阅读指导"方面研究对策,积累经验。

(3)课内与课外的关系。"中文广泛阅读"主要是课外阅读,但仍然要十分重视它与课堂教学主要是语文课堂教学的联系,阅读内容要注意由课内到课外的适度扩充和迁移,以求达到"广泛阅读"的效果。一味"广泛"而无序,必然影响阅读质量。

(4)阅读中教师和学生的关系。一方面,学生是阅读的主体,教师则是阅读的主导,学生总是需要教师的循循善诱,然后自主地步入阅读的殿堂。另一方面,教师作为一个个体,其自身首先也是阅读的主体,教师必须和学生共同阅读,甚至先于学生进行阅读。所谓"先求诸己而后求诸人",

教师只有先充实自己,才能更好地对学生进行指导。站在宏观的专业化发展的角度,教师的主动学习更有必要,只有强化这种教师阅读的主体性,让每个教师都主动地博览群书,具有渊博的知识,才能加快教师专业化的进程。教师群体专业化进程的加快,又能为更好地指导广大学生提高阅读质量提供更加坚实的保证。

2. 在认识了以上几方面关系的前提下,我校"中文广泛阅读"活动在近两年时间里获得了显著的成效。我们先后开展的相关活动有:

(1) "新基础杯"学生假日读书系列活动。该活动经过四届的运作,已成为学校的常规活动。项目工作站共推荐中小学生自读书目近五十篇,学生阅读后产生的习作有读书简报、电脑小报、读书点评、读书心得、读后感等。活动的覆盖面达全校学生的 90% 以上,一大批学生的征文作品获得阅读奖励。

(2) 学生"书香校园——金秋读书节"系列活动。该活动由"中文广泛阅读"工作站与信息中心、工会、文学社等部门联合举办,其中心活动是在组织学生"广泛阅读"之后举行的"视像中国——沪港学生经典诗文诵读会",参加诵读会的,除本校的教师学生外,还有教师进修学院的领导,学校所在社区的代表,有较深朗诵造诣的资深节目主持人和擅长表演艺术的学生家长。这种调集了社区资源、教育行政部门资源和家长资源,采用现代信息技术与华语地区(香港)沟通的中文教学拓展活动,为营造中文阅读的书香校园氛围注入了多种元素,也更易为学生所接受和喜爱。此外,在读书节期间推出的教师、学生、家长多方位"好书推荐"活动,为期一周的大型书展活动,"名家面对面"作家谈读书讲座,"经典文学奖介绍"活动,以及同时举行的阅读走廊文化营造活动,将"中文广泛阅读"以密集的活动形式呈现,使师生在活动中产生强烈的震荡,强化了自觉阅读的意识,提升了师生阅读的层次。

(3)"新基础杯"教师读书活动及"新基础网络论坛"活动。这些活动旨在强化教师的自主性理论学习,深化广大教师对"新基础教育"理论和实践的认识,从而增强教师在"新基础教育"理念下加速专业化发展的自觉性。同时开展的"新基础教育"发展性研究丛书的研读系列活动,包括这一丛书的导读会,暑期读书活动,以及阅读研究论文汇总,都取得了良好的效果。

(4)"新基础杯"教师假日读书活动。活动引领教师在阅读中反思学习,总结教育教学经验,并保持与学生同步阅读,以求师生共同成长。这种系列阅读活动先后共进行了六次,形成了阅读制度,极大地激发了教师参加"中文广泛阅读"活动的热情。

3. 开展"中文广泛阅读"的指导工作。工作站认真调动校内外力量,设计了系列阅读指导活动,这些活动包括:

(1)著名作家的阅读指导。几年中,组织教师、学生走出校门,参加"弘扬先进文化——文化名人系列精品讲座"。著名作家叶辛、赵丽宏、赵长天等介绍的最新世界文化理念和最新文化信息动态,为师生的阅读世界打开了一扇窗。我们又请来程乃珊等海派作家,让师生们与其零距离互动,让来自全国各地乃至世界各地的师生了解上海这一国际化都市的文化渊源和丰富的文化积淀。

(2)邀请全国著名的语文特级教师钱梦龙来校作《阅读引领人生》的精彩报告,向师生传授中文阅读教与学的经验。

（3）组织阅读方法指导系列讲座，教会师生阅读方法。这些方法包括：信息阅读法、文学作品阅读法、经典著作阅读法，还有适宜于师生广泛阅读需要的"麻醉性阅读法"，又称"随意阅读法"。在讲座中，还专门传授了快速阅读的十条要领，以及剪辑法，编写提纲法，列表阅读法，批注阅读法等可供师生参考借鉴的具体的阅读技巧，并且专门介绍鲁迅先生关于读书要"眼到、口到、心到、手到、脑到"的"五到"秘诀，指导学生在阅读中学会圈点，学会评注、摘录，学会勾勒作品提纲和写心得笔记等。

（4）进行课内课外阅读有机结合的探索。从某种意义上说，语文教学自身应包含课内外阅读两个层面，因此，在"中文广泛阅读"中，不能不深入研讨课外广泛阅读如何同语文课堂教学密切结合的问题。我们的举措有：开设课内阅读课，组织学生根据单元教学需求，拓展相关教学内容；建立班级阅读网站，指导学生根据语文课堂教学的自我需要，自主选择读物学习，等等。

三、"中文广泛阅读"项目工作站成为教师专业化成长的催化剂

"中文广泛阅读"活动作为学校"项目驱动，骨干引领"研究总课题中的一个项目，几年来的成效是明显的。这一项目的研究工作无论是在落实"二期课改"，改革语文阅读教学方法方面，还是在落实素质教育，改变师生阅读生活的观念、习惯、方法方面，都起到了巨大的作用。"中文广泛阅读"的根本意义还在于帮助广大师生在参与广泛阅读中深入研讨了当代先进的教育教学理论并投身到"新基础教育"的实践中去；尤其在于帮助语文教师从语文阅读教学的特点出发，更好地将课

内外阅读有效地结合起来,以此提高读写教学的质量。从促使教师专业化成长这一角度看,它是一种强有力的催化剂,起到了以下四方面的作用:

(一)教师自身阅读视野的拓展

纵观当代中小学教育,教师的专业化发展正发生着有别于传统的深刻变化,教师由课程的执行者变为课程的主人。尤其是在"新基础教育"理论指导下的中小学教育,以追求真实的生命成长为宗旨的理念引导广大教师在教学中不断创造具有鲜明个性的有针对性的新校本课程体系。在实现这一变化的过程中,突出的问题是学习。处于当今教育改革大潮中的每一个教师,都必须认真研究新理论,接受新事物,开拓新领域,争取在教改中有所作为。在这一背景下,开展"中文广泛阅读"活动为广大身处专业化发展变革中的教师搭建了一个学习平台,并迅速而有效地将参与项目运作的教师推上了专业化发展的舞台。这样做,大大缩短了广大教师从专业化发展的传统进程进入现代进程的距离。我校从行政领导到一线教师,他们的教育理念、教育素养、教育教学实践能力的明显变化,印证了"中文广泛阅读"活动在教师专业化发展中产生的积极作用。

开展"中文广泛阅读"活动以来,全校教师 100% 投入其中。从行政层面到教学骨干层面都分别参与到"新基础教育发展性研究丛书"的研读系列活动中,对班级建设、课堂教学和学校管理等方面的工作都有了更成熟的思考和实践,以更加开放的自主发展的姿态,为学校新一轮的发展摇旗呐喊,冲锋陷阵。在这一活动中,率先阅读并进行导读讲座的行政领导的理论水平和管理经验获得了新的升华;大批骨干教师写出了极有质量的读书心得和小论文,对当代教育尤其是"新基础教育"理论和实践有了更深切的体会;更多的教师投入了"新基础杯"假日读书活动,他们对于工作站开列的100种教师阅读书目普遍表现了认同,并根据自己的阅读兴趣和教育教学需求,将阅读教育教学理论书籍列入"教师个人的发展计划"中。教师的广泛阅读已经从开始时由工作站组织、推动的状态发展到自觉的状态。教师们将阅读变成自己生活中不可或缺的成分,这就在整体上提升了我校教师的文化层次和专业水平。可以说,我校近年来各项工作的长足进步,"新基础教育"实验不断取得丰硕成果,与"中文广泛阅读"活动的开展有着密切的关系。

(二)教师组织指导学生阅读的能力明显增强

由于读书活动的普遍开展,教师指导学生课外阅读的各种方法自然地得到积累。这些方法经工作站推广,很快变成广大教师的共同财富,许多教师尤其是语文教师群体的专业水平明显提高。这种提高具体表现在以下三个层面:其一,教师指导学生选择读物的视角有所改变,能力有所提高。工作站的教师在为学生选择拓展型读物时,既要考虑内容的科学性、趣味性、针对性和可读性,又要考虑形式的多样性,从而使学生在课内获得经典文章的熏陶后,能及时地获得大量优秀课外读物的补充,从中汲取充盈的人文精气,滋养学生的精神家园。其二,教师帮助学生理解、积累的方法趋向多样化。活动是教育学生最有效的途径,"中文广泛阅读"的主要对象是学生,工作站的作用在于为广大教师指导学生阅读建立各种平台,探索帮助学生理解和积累的有效途径。我们把指导学生课外阅读设计成一个系列活动,由教师指导学生步入其中。这个系列活动包括举办读书讲座,开展读书竞赛和读书征文活动,引导学生进入读书专题网站如中央电视台的"东方书

89

城"栏目,"中华读书网","青少年读书网","上海书城","新浪网"和"新华网"的读书频道等。教师利用这些平台,有序地指导学生在广泛阅读活动中理解和积累知识,提升情感,增强能力。许多青年教师尽管缺乏实际教学经验,但在工作站的帮助下,也将班级和各个学科的"中文广泛阅读"活动开展得有声有色。其三,教师培养学生阅读兴趣的能力有所提高,阅读心理指导已成为广大教师的必修课。多数教师现在已能普遍注意从研究学生阅读心理出发,帮助学生自主地投入开放的、多元的、有趣的读书活动。

"中文广泛阅读"工作站十分注重语文学科教学与年级、班级德育工作之间的联系,指导教师努力寻找它们之间的结合点。这样做,既强化了语文教学中的德育目标,又起到了引领学生思想品德成长的作用。例如:四年级围绕"十岁生日"这一德育主题,以学生成长为主旨,开展一系列活动,而其中"我为读书狂"便是依托"中文广泛阅读"开展的。学生们利用"五一"长假,大量阅读有益的课外书籍,并作了翔实的记录,可喜的是许多家长也参与其中,进行亲子阅读,并以自己丰富的阅读经验和感悟引导孩子多读书,读好书。学生的道德认知在中文阅读活动中渐渐获得提升。这个活动开展得最出色的四年级(3)班还召开了"和书交朋友"的主题班会。主题班会的筹划阶段,要求教师做好导入准备。教师发放了《名家读书法》等资料,要求学生收集关于书的名人名言,并在班级中作一次读书采访;让学生总结自己在一学期中读过的图书类别,等等。课上,学生就读书的意义,读书的类别,读书的方法,名人读书的故事,父母长辈读书的故事等一系列与读书有关的问题展开交流,最后以"让我们与书成为终身的朋友"的誓言结束班会。"中文广泛阅读"项目工作站推广了这一主题班会的经验,并指导各年级各班级设计更多以阅读为专题的班级活动。

(三)"中文广泛阅读"项目工作站催生了语文拓展型课程制度的建立

"二期课改"课程类型的确立,为"中文广泛阅读"项目向语文拓展型课程发展提供了良好的机缘。由于"中文广泛阅读"项目的运作而逐渐建立起来的中文阅览指导制度,改变了以往课外阅读指导基本无序的状态,从根本上提高了教师指导中文阅读的业务水平。这些制度集中体现于"中文阅览指导备课笔记"的设计和使用。工作站认为:作为课程,每个教师在实施各自的中文阅读指导时,决不可有随意性,应该高度体现课程的科学性和严密性。"中文阅览指导备课笔记"要求,教师在指导时首先要确定阅读形式,比如是文本阅读还是网络阅读,接着要对阅读对象的阅读现状作出必要的分析,以便做到指导过程有的放矢,然后确定阅读教学目标及所采取的措施,包括本学期主要指导的文体类别,阅读教材来源,预计效果,学生作业形式,评价形式等等。"中文阅览指导备课笔记"强调教师必须认真设计教学方案并做好教学实录,其中包括"阅读指导主题","阅读指导目标","阅读指导重点","阅读指导准备","指导阅读过程及作业点评"和"阅读指导札记及反思重建"的撰写等。"中文广泛阅读"教学的制度化过程,对于教师提高阅读指导的专业水平起到了十分明显的引导作用。

(四)"中文广泛阅读"正在改变师生在校的生存方式

"中文广泛阅读"活动的开展,其意义不只停留在扩大师生的阅读面、提高师生的阅读能力上;它的价值还在于,这种广泛自主性阅读正强有力地促进师生确立自主发展的观念,

并将这种自主发展变为现实。广大教师的自主性发展正在改变着他们传统的教育教学习惯，他们的教育教学工作开始呈现出思维活跃、思路开阔、个性突现的新的面貌，从而更具时代性。教师的这种精神面貌和教育观念的变化，又促进了学生的自主性发展。阅读能够改变人生。阅读确实在改变着人生。全校师生追求主动发展的生动局面，有力地印证了"新基础教育"理念的勃勃生机。"中文广泛阅读"活动作为"新基础教育"理念浇灌下开放的一朵奇葩，在"新基础教育实验学校"的校园里，正备受师生关爱，越来越强烈地映现出生命的光辉。

附录一

一道亮丽的风景线

——在年级中开展"中文广泛阅读"

我校的外籍学生占了相当的比例,不同国家的文化在这里产生了强烈的碰撞。一些外籍学生对本国文化盲目推崇,而对中国文化却一概予以排斥。另一方面,中国学生也有崇洋的表现。这一情况,对我们的德育工作提出了新的更高的要求。

怎样有效地开展年级活动,尤其是开展热爱中华民族的教育,这成了我们在工作实践中所必须认真思考的问题。学校"中文广泛阅读"项目工作站推出的各种活动,为我们年级的活动开辟了新的途径。我们五年级组有序而成功地借助"中文广泛阅读"开展了许多有声有色的年级活动,其中,与我们的姐妹学校香港胡素贞博士纪念学校一起举办的通过视像同步进行的诗歌诵读会,将这一系列活动推向了高潮。

在中华民族五千年的历史长河中,诗歌一直展示着它独特的魅力,那些经典的诗歌与童谣,更是像春天的细雨,滋润着孩子们的心田。"中文广泛阅读"项目工作站为了提高师生的人文素养,在全校开展了经典诗文的阅读和诵读。我们年级组在工作站的指导下,也组织开展了诗歌诵读活动,希望通过对经典诗歌的诵读,使教师、学生和家长多了解一些中国灿烂的民族文化,领略美妙的文化意境,感受语言的无穷魅力,提升民族的自豪感;尤其是使那些外籍学生通过对这些经典诗歌的诵读,对中华民族灿烂的文化有一个崭新的认识,更加喜爱中国。

我们利用"视像中国"这一交流平台,与香港胡素珍博士纪念学校下午校的师生进行了在同一时间异地互动的经典诗歌阅读和诵读的交流。我们寻找那些传诵久远的童谣,我们传阅那些触动心灵的诗篇,我们憧憬那美好的意境。余光中的《乡愁》透过一张小小的邮票,淡淡地传递着中华民族独特的乡情。那首《风》是顽皮的孩子在和风做游戏。臧克家的《星星》伴随着几代人的成长,成为记忆中最温馨的片断。12 月 7 日的诵读会,将整个活动带入了高潮:大屏幕上,香港学生朗诵时的情感投入和生动表情深深吸引了大家。我校学生饱含深情的吟诵,博大的气势,也深深感染了每一个人。正是因为有了中文广泛阅读项目工作站这样一个平台,才有了这么多有意义的活动;正是有了这么多有意义的活动,学生的阅读兴趣和能力才有了明显的提升。沪港两地的学生在这一形式崭新的互动中,拓展了视野,增进了华语文化交流,增强了各自的信心,更增强了民族的自豪感。在诵读会上,我们还吟诵了许多经典的诗歌。学生们那充满激情的诵读,更是激起人们多少美好的回忆!难怪,当听到孩子们的朗诵时,著名节目主持人林栋甫先生会激动不已,情不自禁地上台与孩子们一起深情演绎。

通过这一次次活动,在学生中掀起了一股读诗词、看好书的热潮,大家或高声吟诵,或埋头赏析,好不快乐!

将年级活动和"中文广泛阅读"活动结合在一起开展,特别是这次与香港学校的诗歌颂读交流,让我们更深地体会到了"中文广泛阅读"的深远意义。

过去,我们的活动只是以年级为单位,活动只是在本年级范围内展开。有了中文广泛阅读项目工作站的指导和帮助,我们的活动参与者越来越多,活动的范围不再局限于年级。这次举办的"经典诗歌诵读会",最初虽然是以五年级为主开展的活动,但许多年级积极响应,友情出演,一年级的师生还自编了诗歌,上台助兴。不仅全校的师生都行动起来,许多学生的家长也热情地参与了这次活动。

我们策划的一系列活动获得了学校领导以及区教研室的大力支持。每次活动,校长都会到场观看,并表示衷心的祝愿。校长、校党支部书记、学科委员会负责人、科研室主任、校办主任、区教研员以及香港学校方面的代表还担任了那次诵读会的评委。在"中文广泛阅读"项目工作站的支持下,我们的活动走出了年级,走出了校园,走出了上海,并且借助先进的现代化科技手段,依托"视像中国"这一平台,将香港和上海两个大都市的师生连在了一起。

依托"中文广泛阅读"项目工作站,我们创造了许多年级活动的新形式,加强了年级与年级、年级与其它部门乃至其它学校之间的合作与交流。在"中文广泛阅读"项目工作站的指导和帮助下,我们创造了一个成功的先例。我们设计的这些活动深受学生欢迎,而且在教师、家长中也颇获好评,香港教统局优质教育基金计划所创办的"视像中国"计划还赞誉和推广了我们的活动。活动虽然早已结束,但大家还记忆犹新,至今还在津津乐道。在活动中,师生们进一步感受到了祖国语言的魅力,在活动中,学生又一次得到了锻炼,获得了成长;活动为营造浓郁的书香校园文化氛围掀开了新的一页。

95

……我想，我们的年级活动已经和"中文广泛阅读"项目工作站的活动交融在一起；我们每一次的活动，将成为学校各项活动中的一道亮丽风景线。

（黄轶华）

教师自身素养和能力在"中文广泛阅读"活动中得到提高

作为一名年轻的语文教师,怎样使自己的专业素质和能力得到提高呢? 我找到了一个非常好的平台——参与"中文广泛阅读"项目工作站的工作。在项目工作站负责人徐老师的带领下,我们策划组织了许多读书活动。我作为"中文广泛阅读"项目工作站的成员,不但参与了其中所有的活动,还担任了"红领巾读书小组"(以下简称"红读小组")的辅导工作。在这些活动和工作中,我的能力得到了锻炼,综合素质有了较大的提高。

一、建设"红读小组",让师生在社团建设中共同成长

"红读小组"作为培养学生读书骨干的课外社团,在"中文广泛阅读"活动中有着重要的地位。我结合"中文广泛阅读"项目工作站的要求和建设"红读小组"社团的目标积极开展各项活动,希望通过社团的建设,让师生共同成长。

(一)调查学生读书现状,指导社团成员读好书

"红读小组"的成员都是少先队员中的读书积极分子,是学生群体中的读书代表。所以,"红读小组"的成员不但要读书,而且要多读书、读好书。为了了解社团成员的读书情况,

我对他们作了一次调查。

通过调查我发现,现在的学生看的书相对集中在消遣、娱乐上,对比较有深度、有意义的书籍不是很感兴趣,这对他们文学素养的提高是没有帮助的。了解情况后,我为社团的成员开出了"推荐书目",让他们在我的指导和带领下,有选择地读一些适合他们年龄特点的书,让书为他们的成长助一臂之力。

(二)培养骨干,带领全体学生"走进阅读"

为"红读小组"成员开出书目单后,接下来非常重要的一步是指导他们用最合适的方法读好这些书,真正做到"会读、读懂、爱读"。于是,每周一次的活动,我就安排学生"说一说"。如第一阶段我安排学生看小说类的书,就让他们说一说自己印象最深的一个人物,介绍这个人物的特点和吸引自己的地方等;第二阶段我安排学生看散文类的书,就让他们读一篇自己最喜欢的文章并谈谈感受。在整个交流过程中,不给学生任何约束,有话则长,无话则短。通过交流,社团成员在同伴和老师的影响下,激发了读书兴趣,从"被动地读"到"主动地读",从"一个人读"到"一群人读",在书中寻找着快乐。

为了能更好地做一名倾听者和指导者,在向学生推荐好书前,我利用业余时间,认真研读这些书,并做好必要的摘录,撰写读书感想等。"苦读"之后,我突然发现,在短短的一个月内,我读了6本书,摘记写了几千字。在我付出的同时,也收获了许多——以前一直没空读的书,现在都读了;以前没思考过的问题,现在想过了;以前提笔没东西写,现在能洋洋洒洒地写了……这就是"阅读"带给我的提高。

同伴之间的教育往往是最有效的。"红读小组"的成员大多是班中的"好学生",我就有意识地让他们成为榜样,为同学介绍好书,并积极组织与读书相关的活动。我利用每次活动的最后五分钟,让社团成员互相推荐好书,不仅要说出书名,还要介绍作者、出版社、书的种类。我请来了负责图书管理的老师向他们介绍相关的常识。这样,社团成员就可以正确、快速地带领本班同学去图书馆借阅图书,为同伴"走进阅读"提供帮助。社团成员学到的相关常识,我也学到了,这对于我来说又多了一个技能,不但可以参与学校的图书管理工作,而且可以和书更亲密地接触。

二、开展"社区"活动,构建富有文化气息的社区环境

学校是社区的组成部分,作为教师,有责任也有义务通过对学校的建设带动社区的发展。"中文广泛阅读"项目工作站成立后,我们开展了一系列的读书活动,有"假日读书活动","黄金周读书活动","双休日读书工作纸","教师、学生、家长齐读书"等,其中"教师、学生、家长齐读书"活动参与人数最多、反响最大。在这次活动中,我们设计了三份"读书工作纸",希望把整个读书过程和收获记录下来。

这三份工作纸分别发到教师、学生、家长手中后,我们作了相关的辅导,要求在认真选读一本书之后再来填写表格,希望所填写的内容能为其他读者提供有价值的东西。教师们忙里偷闲,个个手捧图书认真阅读起来,还不时地记下感想;家长们也从百忙中抽出时间,有的带孩子跑图书馆,有的在双休日合家去书店购书,和孩子们一起阅读,大家都想交出一份出色的答卷。事后我们了解到,家长们非常认可学校的这一活动,认为活动不仅增进了家庭成员之间的感情,还让他们从阅读中重新找回了年轻时读书的幸福感觉。

回收"工作纸"后,我参加了评比工作。我真为眼前的作品所折服。虽然水平各有高低,但相同的是他们的认真态度——精心挑选了图书、认真构思了心得、规范填写了工作纸。作为评委,我可谓收益最大:了解了许许多多没看过的好书;知道了不同年龄阶段学生喜爱看的书;了解了不同家庭的读书情况。这一切,为我的教育教学工作提供了宝贵的第一手资料,也为今后开展社区活动积累了经验。浓浓的书香弥漫了整个校园,也飘进了千家万户,从而营造了良好的社区读书氛围。

成长的道路是漫长的,作为教师,提高自身素养和能力的途径是多样的,"中文广泛阅读"项目工作站为我的提高和发展提供了良好的平台。在这个平台上,我学到了许多理论知识,掌握了许多可操作的方法,为明日的成功迈出了重要的一步。

附:读书工作纸

我最喜欢的一本书(教师篇)

"书籍是人类进步的阶梯",每个人的一生都会阅览到或多或少的书籍,而其中的一些会久久徘徊于脑海之中,影响着你的生活,激励着你的理想,陶冶着你的情操。今天,当我们已经"为人师表"之时,让我们把这样的体验,通过这张纸,告诉我们的学生,让他们一起分享一本好书,分享这份经历吧。

教师姓名:＿＿＿＿ 任教学科:＿＿＿＿ 所在组室:＿＿＿＿
推荐书目:＿＿＿＿ 作 者:＿＿＿＿

有话要说：
推荐情节：
我的建议：

（张莉萍）

101

"中文广泛阅读"项目为班队活动搭建新型平台
——"和书交朋友"主题班会纪实

102

一、活动设计背景

主题班会活动是班集体的主题性德育活动。这一活动必须突破传统的变相说教的模式,让学生真正在生动活泼的情景活动中受到潜移默化的教育。"中文广泛阅读"项目工作站推出的广泛阅读计划为班级主题活动搭建了一个新型的平台。我们结合"中文广泛阅读"项目工作站的"书香校园"——金秋读书节活动,开展了"和书交朋友"的班队读书活动。

二、活动目标

本次活动是"中文广泛阅读"项目工作站系列活动之一——"书香校园"金秋读书节的后续活动。我们的目标是:

1. 促进家长、教师、学生形成"三同步"的阅读氛围。

2. 让学生联系生活实际,从选择书目出发,开展有效的读书活动。

3. 通过读书活动,强化班级的凝聚力。

三、活动过程

1. 活动前期准备：要求学生阅读有关科技、文化方面的书，搜集与读书有关的名人名言，在班级、家庭中作一次读书情况采访；要求家长为孩子介绍自己少年时喜欢阅读的书籍，介绍自己的读书方法；教师写一份周详的个人读书计划，搜集关于读书指导的资料。

2. 阅读资料的搜集整理：全班学生对所收集的读书资料进行整理，分享读书资料，在互动中交流心得。

3. 推出"和书交朋友"的主题班会。教师、学生、家长共同交流阅读心得，共享阅读人生。

以下是这次主题班会的主要内容：

△ 以"书山有路勤为径，学海无涯苦作舟"引出关于读书的名言，学生、家长、老师谈读书感受。

△ 老师和家长代表谈自己小时候的读书情况，勉励孩子多读书，读好书。

△ 学生交流读书采访报告。

△ 教师指导学生如何选择好书，和家长一起推荐好书，教育学生和好书交朋友。

△ 教师、家长鼓励学生经常性地开展小队读书活动，介绍活动方法，如"故事会"、"优秀读书笔记展评"、"剪贴册交流"、"手抄报展览"、"读书知识竞赛"等。

△ 教师出示自己的读书计划，与大家分享如何写一份适合自己的读书计划。

△ 后续作业布置：制定班级读书计划和亲子读书计划。

四、活动效果与反思

"和书交朋友"班会活动的效果是明显的。读书拓展了学生视野，交流促进了学生成长。班级掀起了可喜的读书热，出现了亲子阅读、伙伴阅读、师生共读的生动情景。家长的参与是"和书交朋友"取得成功的重要因素,通过这一活动,许多家长把老师作为朋友,作为教育子女的伙伴,成为教师开展教学与教育工作的坚强后盾。

（韩海国）

项目四　动态生成的数学题型和课型研究

从骨干到骨干群体发展的项目驱动策略

随着"新基础教育"实验在我校的深入开展,学校对教师的课堂教学观、课堂教学行为、课堂教学手段和方法提出了更高的要求。校领导越来越强烈地意识到,要彻底改变课堂面貌,提升教学品位,首要的是要打造一支高素质的教师队伍,而要实现这一目标,仅靠少数几个骨干是远远不够的。如何通过骨干引领,打造一个骨干群体,整体提升教师队伍的素质,是学校和教研组正在共同思考的问题。"动态生成的数学题型和课型研究"项目工作站就是基于这样的思考,为实现学校提出的"项目驱动,骨干引领下的教师专业化发展"这个战略目标而建立的校级项目工作站。

一、项目启动的背景和现状分析

(一) 项目启动的背景

2003 年,学校开始进入"新基础教育"品牌学校的创建阶段,制定了新的五年发展规划,提出了建立校级项目工作站来推动学校教学研究,全面提高教学质量和促进教师专业化发展的管理策略。在这样一个背景下,中学数学教研组面临着新的发展机遇,但同时也存在着组内教师缺乏发展动力的问题。

面对这样的情况,教研组全体老师都焦急万分。他们通过认真的学习和讨论,逐步统一了思想。大家认识到,响应学校的号召,建立项目工作站,是创建"新基础教育"基地学校品牌教研组的需要。在此之前,我们已经确立了五年内创建实验基地学校品牌教研组的发展目标,而要实现这一目标,仅靠一两个骨干是不可能的,需要寻找一种有效的策略来推动教师的专业学习和教学研究,整体提升教师的专业素养。建立项目工作站正是实现创建目标的有效途径。

由于教学实验和改革的压力很大,经历了五年多的"新基础教育"数学课堂教学实践后,部分教师开始进入实验的"高原期",既感到疲惫,又感到很难再超越。建立"项目工作站",对于打破实验瓶颈、激活教学研究,无疑是一个良好的契机。于是,在反思和总结已有教学实验成果的基础上,教研组依据新课程思想,向学校提出了建立"动态生成的数学题型和课型研究"项目工作站的要求,将项目工作站作为促进教学研究的新的驱动力。

(二)项目工作站的现状分析

根据学校的立项要求,"动态生成的数学题型和课型研究"项目工作站站长由中学数学教研组长、区级骨干教师陈算荣老师担任。站长在认真分析全组教师现状,了解教师思想动态和发展需求的基础上,依据双向选择的原则,自主发展了4名成员,构建了一个有着"共同愿景"的5人工作小组。

1. 项目组教师的现状分析

项目工作站成立之初,实验的起点并不高。除站长外,其余4位成员都未承担过大型的教学研讨课;有的教师刚从外校调入不到两年,基本上还处于"看"和"听"的阶段。但尽管实验的起点低,这几位教师却有着共同的追求目标:通过教学实验改革的平台,以项目为驱动,加强专业理论学习,聚焦课堂教学实践研究,努力提升自己的教育教学水平,寻求自身的专业化发展之路。这正是项目建设发展的原动力,也给教研组的建设注入了新的活力。

2. 项目工作站的研究基础

在"新基础教育"实验的前五年间,中学数学教研组已经进行了"探究型"教学、"开放式"教学、"问题解决式"教学、"发现式"教学等系列教学实践的个案研究,并在教学实践研究中形成了区级课题"初中数学教材中探究性问题的开发、设计及实践研究",经过两年的教学实践和反思总结,该课题的结题论文获得了 2004 年区级课题类论文评比二等奖。不少老师在该课题中积累了许多探究教学的实践经验和案例,同时,通过对教材中"类结构"知识的分析,从知识结构、方法结构和教学结构三个维度,开展了"结构性教学设计"的实践探索,这就使"动态生成的数学题型和课型"项目研究具备了良好的基础。

二、项目工作站目标和方针

确立工作目标,制定正确的工作方针,有利于项目组形成清晰的工作思路,明确具体的工作方向。

(一) 项目工作站的工作目标

项目工作站的工作目标是:以开发和创造动态的数学问题、探索和实践动态的数学课型为核心,促进教师开展教学理论和实践研究,全面提高课堂教学质量,并以此形成教研组的研究轴心,推动整个教研组的建设和发展,积极稳步地推进教师队伍的梯队建设,实现教师的滚动发展。具体分为三个板块,即:教师发展目标、学生发展目标和工作成效目标。

1. 教师发展目标

(1)在参与实践的过程中学会发现问题、主动思考问题和解决问题,并在寻找解决问题的方法和策略的过程中促进理论和专业的学习,以及同伴间的交流与合作。

(2)学会开发和利用一切可以利用的教学资源来改进教学,改变行为,在教和学的过程中力求实现师生主动、健康的发展。

(3)提高项目实践能力、自学创新能力、团队合作能力、交流表达能力、反思重建能力和归纳总结能力。

2. 学生发展目标

(1)有积极的数学学习态度,勤于钻研,敢于探索。

(2)有良好的数学学习习惯,善于倾听,勇于参与。

(3)在教与学的过程中学会观察,学会思考,学会学习,获得终身学习的能力。

3. 工作成效目标

(1)完成动态生成的数学题型库建设,研究并收集典型的数学问题达到 50 个以上,并对此进行分类整理。

(2)完成动态生成的数学课型案例库建设,实践并整理各种数学课型,形成系列实践研究案例,并进行整理归类。

(3)在实践中形成数学课题研究,并申请为区级课题,在项目工作站研究过程中跟进课题研究。

(4)分层提升项目工作站成员所处的实验梯队,变第三梯队教师为第二或第一梯队教师;变第四梯队教师为第三或第二梯队教师。

（二）项目工作站的工作方针

为了实现上述目标,项目组确立了相应的工作方针和工作思路。

1. 工作方针

项目工作站在认真分析数学教研组教学现状的基础上,结合学校的要求,确立了"立足新课程,扎实新基础;彻底改变教学观念,优化教学行为,实现师生的共同发展"的工作方针。

2. 工作思路

为了有效贯彻这一工作方针,工作站确立了相应的工作思路:把项目作为任务驱动,创造时间和空间、条件和机会,让最有潜能的教师先行发展,通过营造"学、赶、超"的良好氛围,带动全组教师实现滚动发展,最终实现师生的共同发展。

三、项目工作站的制度建设

项目工作站实际上是一个小小的教学行动研究组织,该组织同样需要相应的制度作为项目实施的有效保障。经过项目组成员的集体商议,根据项目工作站的工作方针和思路,制定了如下项目工作站制度:

1. 和教研组活动交叉,两周一次定时定点开展项目研究活动,并作好活动记录。

2. 每人每周要思考和研究一个动态生成性的数学问题。基本要求:来源于自己的教学实践,并在项目研究活动中进行集体研究;经研究被公认为有较高教学价值的问题,要及时输入电脑进行整理,然后上传给站长。

3. 工作站成员每学期至少上一堂"动态生成"课型的教学研讨课。要求形成案例,及时做好反思整理,同时上传给负责人。

4. 在日常教学实践中,工作站成员需加强"随堂课"的互听活动,确保两周一次的"随堂课教学交流"。

5. 每学期至少组织两次以上的外出学习交流活动,定期开展专题学习和主题交流,每人每学期至少作一次主题发言。

6. 每学期至少进行一次阶段性反思和小结;以主题交流的形式开展一次活动,写好活动报告,并做好有关文字资料的整理工作。

7. 每学期进行一次资料的整理汇总,每个成员有责任协助他人完成整理和编辑工作。

四、项目实施和个案研究

新课程改革和教学实验改革对教师的备课、上课都提出了巨大的挑战,我们需要结束长期以来消极被动的"教书匠"形象,成为真正意义上的教师即研究者。教师不仅要理解本学科的知识及其结构,掌握必要的教学技能,而且要有能力通过较系统的自我研究、对其他教师教学的研究以及在课堂上对有关理论的检验,实现专业上的自我发展。"动态生成的数学题型和课型项目研究"就是以项目任务为驱动的教师行动研究,是沟通教育教学理论与实践的桥梁和中介。那么,这一研究项目在实施中是如何为教师专业化成长营造良好的氛围,搭建实践和研究平台的呢?

(一)定期开展教育教学理论学习,构建新课程背景下的数学大备课观

教师专业能力的发展离不开理论的指导。教师需要学习新的教育教学理念,更新传统的备课观和教学观,以适应新课程和教学实验改革的要求。项目工作站按照工作制度,定期

开展教育教学专业理论学习,并反思和重建传统的备课理念,构建数学大备课观。

1. 打造学习共同体

在教育改革形势日新月异的今天,学习应该是每一名教师的生存态度,而任何一项学习活动都需要在发展中互相促进、共存。把项目工作站打造成一个学习共同体是一项非常重要的工作。工作站利用两周一次的项目活动时间,把教育教学理论的学习贯穿在整个项目活动体系中。

(1)专题学习和自主学习相结合。

下表是工作站一个学期的学习计划表:

2005 学年度第二学期工作站学习计划

时　　间	内容安排	时　　间	内容安排
第2—3周	研读中预年级新教材	第11—12周	读一本数学专业理论书
第4—5周	研读新课程标准	第13—14周	教师互相交换所读书籍
第6—7周	"我看新教材"主题研讨	第15—16周	了解数学教育发展动态
第8—9周	再读新基础理论丛书	第17—18周	再读新基础理论丛书

上表中,研读中预新教材以及数学新"课程标准"等是自主学习内容。而第6-7周的"我看新教材"的主题研讨活动等则为专题学习内容。同时,为了鼓励大家学习各种先进的教育理念,工作站购买了一些专业理论书籍,并组织教师进行阅读交流。

(2)在实践中引导学习。

把理论学习融于实践的研究过程中,根据自己在实践过程中所意识到的理论缺失进行有针对性的学习,这样做比较

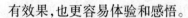

有效果,也更容易体验和感悟。

（3）在研讨中交流学习。

营造"研"的氛围,加大"研"的力度,发挥"研"的功能是促进教师间相互学习的重要途径。工作站月月有大研讨活动,周周有小研讨活动,在"研"的过程中加强学习已成为工作站良好的学习氛围。

2. 构建数学大备课观

要彻底改变旧的课堂教学面貌,应对新的挑战,必须改变教师传统的备课观、备课行为和备课范式。只有从改革备课入手,使课堂教学这个最顽固的堡垒发生根本性转变,才能真正落实新理念,推进课程和教学改革。所以,我们工作站的首要工作是要反思和重建传统备课理念,构建新课程背景下的数学大备课观。大备课观认为:就一堂课而言,它不只是教师的课前准备,还包括教师在课中根据课堂的动态生成对预设内容或策略的即时性调整,也包括教师在课后对整个课前设计及课中调整的全面反思和重建。就一学期的课而言,它不只是教师对每一课时的备课,还包括教师在开学之初对整个教材进行系统分析和规划的学期备课,也包括教师在进行一个单元的教学时进行单元分析和规划的单元备课。就一门学科的教学而言,它不只是教师对自己学科体系的纵向分析,还包括对该学科随着科学技术不断进步的前沿发展动态以及它与其它领域的横向联系和边缘发展态势的了解。就整个教学而言,它不只是学科教学育人价值的挖掘,还包括教师的生活体验与该学科之间的沟通,也包括学生的生活体验与该学科之间的沟通;不只是教师的个人备课行为,还包括一个备课组的集体备课行为,也包括学生的协作参与、专家的指导引领以及各种形式的教学研究活动。可见,备课是一个动态发展的过程,是一个开放创造的过程,是一个教师、教材、学生、专家和教学环境共同整合的过程,体现了一种传承和创新相结合的思想。我们不仅需要拥有这一思想,还需要探索如何让大备课观在工作站成员的备课中得到有效的落实和体现。

(二)定期开展备课研修和实践研讨,探索动态生成的数学课堂

教师专业能力的发展离不开教育理论的指导,更离不开教育经验的积累,因为经验是融入理论的溶剂和更新理论的根基。理论和专业知识的学习是工作站必不可少的活动,而实践中的行动研究则是工作站的核心工作。通过备课研修和实践研讨探索动态生成的数学课堂,是工作站日常教学研究的中心。

1. 开展富有项目特色的备课研修活动

让备课贯穿于教学的全过程的大备课思想提升了教师对备课的认识,感到不备好课就不可能上好课,而要备好一堂课绝非一件容易的事。发挥工作站的集体力量,开展富有项目特色的备课研修活动是一种有效的途径。

(1)以"数学问题设计"为中心的备课研修。这里所指的数学问题设计特指项目研究中的"动态生成的数学题型研究"。在定期开展的项目研究活动中,一项重要的工作就是探索动态生成的数学问题设计,并采用以下的工作流程:

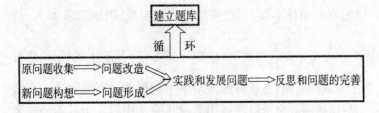

113

下面是七年级第二学期教学内容中的一个数学问题："已知:$a+\dfrac{1}{a}=2$,求:$a^2+\dfrac{1}{a^2}$的值"。出这道题的目的是让学生整合运用平方差、完全平方公式、立方公式灵活解决一些代数式的计算问题。一般情况下,教师在组织学生解决好这个问题后,还会准备类似的变式训练题,如:"已知:$a-\dfrac{1}{a}=2$,求:$a^2+\dfrac{1}{a^2}$;$a^3+\dfrac{1}{a^3}$的值"。比较前后两个问题,层次显然没有提高,仍是在一个平台上进行模仿训练。怎样设计第二个问题,既能达到巩固新知识的目的,又能让学生真正举一反三,掌握解决这一类问题的基本方法呢? 七年级任课教师把该问题带到项目工作站进行讨论。经过项目站成员的共同探讨,把后面的变式训练题改为一个开放性问题:"观察上面问题中所给条件及要求的代数式的特点,你能构造出类似的一些数学问题吗? 并请说出你构造的理由。"这个问题的意图是希望学生能够抓住这些代数式的特点,结合多项式乘法的几个基本公式,自己设计一些结构类似的问题,在问题的构造过程中分析和把握问题的本质。在实践过程中,教师发现学生对第二个问题表现出了极大的探索兴趣,大部分学生很快就能写出几个问题,有的把条件中的"$a+\dfrac{1}{a}=2$"换成"$a-\dfrac{1}{a}=2$";有的条件不变,而是将结论进行变换,例如:"求 $a^2-\dfrac{1}{a^2}$;$a^3-\dfrac{1}{a^3}$或$a^3+\dfrac{1}{a^3}$的值"。这些问题既有了层次上的提升,也有了开放的空间,能较好地激活学生的思维。当教师进一步启发:这些问题之所以能运用多项式乘法中的几个基本公式来

解决，关键是 a 和 $\dfrac{1}{a}$ 这两个数的乘积为 1，如果他们的乘积不

是 1，满足怎样的条件也能构造出类似的问题呢？教师的启发激起了学生进一步探究的兴趣，最终他们发现可以构造出无数个类似的数学题，关键是给出的条件 中，"两数和"或"两数差"中的两个数的乘积应是一个不为零的常数，而要求的式子中的两个数对应的系数要作同样的平方或立方变化。

例如："已知：$a + \dfrac{3}{a} = 4$，求：$a^2 + \dfrac{9}{a^2}$；$a^3 + \dfrac{27}{a^3}$ 的值"，"已知：$2a$

$+ \dfrac{3}{a} = 5$，求：$4a^2 + \dfrac{9}{a^2}$；$8a^3 + \dfrac{27}{a^3}$ 的值"，这些题中的加号也可

以改成减号。还有的学生提出，把条件中的代数式换成要求的结论，而把题中的结论换成条件，也可以构成类似的问题。最后学生发现，只要抓住了问题的本质，就可以构造出无数个类似的问题。其实，教师事先也没有考虑到学生还会去逆向思考。学生"活"了，教师"兴奋"了，整个课堂充满了探究和创造的活力。尽管如此，教师仍感到该问题的表述还不够清楚，需要进一步完善。经过反思，把问题改为："观察上例中条件和结论两个代数式的特点，构造出一组结构相似，并且可以运用平方差、完全平方公式或者立方公式来求解的数学问题。"这样，经历了由初始的封闭性问题到较为成熟的开放性问题的设计和反思过程，最后整理收集于题库中。

　　以"数学问题设计"为中心的备课研修，促进了教师在日常教学中去关注每一个数学问题的内涵，去思考和挖掘问题的教学价值。教师变得开始关注书本例题的功能挖掘，也开始关注书本概念、定理、公式教学时的问题情景设计以及探究性问题的开发，工作站的成员们常常聚在一起，共同体验和感

悟创造的快乐。

（2）以"数学教学设计"为中心的备课研修。构建"动态的数学课堂"，必须在教学设计上下功夫，所以，开展以"数学教学设计"为中心的备课研修也是工作站日常工作的重点。根据项目工作站制度，工作站成员每学期至少要上一节公开的教学研讨课，还要开展"随堂教学"的互听互研活动；站长一学期要开两节以上的公开研讨课。这些都成了工作站重要的备课研修资源。我们采用的操作流程是：

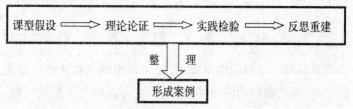

具有项目特色的备课研修活动促进了教师对教材的理解，提高了教师对教材的整合和再创造力，激发了教师的研究热情，加强了工作站成员间的合作交流能力。

2. 组织主题式的教学研讨实践活动

为了提升教学研讨的价值，工作站改变了以往"就课论课——点状研究"的方式，开始进行"主题论课——系列研究"的尝试。基本思路是：工作站成员围绕项目任务，选择一个自己想研究的主题，并通过工作站成员的共同商议，确定主题内涵，进行相应的理论学习和探讨，然后由教师根据主题选择一个教学内容，开展集体的备课研修。在进行设计时，要突出研究的主题，备课后接着进行课堂实践，课后立即组织说课、评课活动，并在研讨中紧扣研究主题，开展教学设计和课堂实施效果的讨论，共同对这节课进行反思和重建。评课活动结束后，要再进行一次有针对性的经验总结。基本操作流程如下：

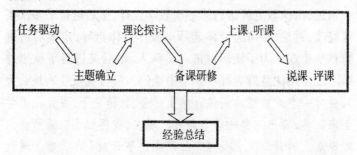

在这个过程中，我们还邀请专家参与教师的课前备课，听课后进行指导，或者开设一些主题讲座。

通过主题性的教学研讨，教师们开始有了问题意识，并逐步提高了探索问题和解决问题的能力。例如，工作站在第一阶段开展动态课型研究时提出，在日常教学中，教材编排时总是把一个整体结构的知识划分成一个一个知识点来教学，这不利于整体性思维的培养。经过集体商议，确立了动态生成的"整体结构式"教学主题研究。郭思乐和喻纬主编的《数学思维教育论》对分列式思维培养和整体性思维培养进行了理论阐释，工作站成员对此进行了系统的学习和探讨。此外，大家还系统学习了叶澜教授主编的"新基础教育发展性研究丛书"，对华东师范大学吴亚萍教授提出的"长程两段式"结构教学进行了认真的学习研讨。在学习了相关理论之后，对"三角形全等"单元教学中的"三角形全等判定"的第一教时进行了"整体结构式教学"的策略研究，通过重组教材，改变了以往教学中采用的"学习一个定理后练习巩固，再学习一个定理练习巩固"的简单学习方式，让学生先形成整体感知，获得研究判定定理的方法结构和知识结构，把定理的说理证明及应用置于后面两节课，让学生在学习过程中体会前人发现的智慧,使得四个定理在一节课内得以整体呈现。根据这一思想,由执教老师进行第一次教学设计,然后进行了多次集体修改、讨论,并请吴亚萍老师来校作具体指导,定稿后再进行教学实践。为了使研讨进一步深入,事后又进行了反思总结。工作站沈慧群老师在总结中谈到:以前,我很肤浅地认为只要有一个开放型的问题让学生思考、讨论一下,再让几个学生来回答,凑出完整的答案即可。现在,我明白了以前所尝试的课堂上的开放仅仅处于"白开放或半开放"的状态。通过吴亚萍老师本学期对我们数学组的三次亲临指导,以及本学期工作站对动态生成的课型的深入研究,我对课堂上的开放有了更深的认识,印象最深的是吴亚萍老师连续追问的一个问题,就是"你说说看,'放'了以后你是如何'收'的?"经过吴老师的指导,在陈算荣老师的研讨课上,我已经能很清晰地感受到她在课上是如何"放"和如何"收"的。……我想,在今后的教学中,我不会再盲目地"开放",备课时要思考开放以后如何去捕捉资源、呈现资源和利用资源,在实践中不断尝试和关注课堂开放的有效性。

(三)定期开展阶段反思和重建交流活动,放大实践研究的价值

实践和反思是教师专业成长的"二重唱"。实践是发展的基础,孕育着教师专业能力发展的质变,因为它使教师对教学中各种因素的联系予以关注。没有这些频繁的工作,教师专业能力的发展就失去了其"发生带";反思是教师专业能力提升的关键环节,它使教师从失败体验中引发理性的思考,使教学的层次和相互间的联系明朗化,促使教师对教学本质和非本质的东西加以区分,从而去粗取精,去伪存真,达到对教学的质的把握,推动教师的专业能力向纵深发展。为了使我

们的备课研修和主题性教学研讨的实践价值得以放大,我们还常常进行阶段研究的反思和重建。

所谓阶段性反思和总结,实际上是一种"反思性教学"。它是教师以自己的教学活动为思考对象,对自己在教学过程中所运用的教学方法、教学策略、教学媒体以及教学效果等进行全面审视的过程,是教师通过自我审视来促进自身能力发展的一种重要途径。例如,当我们先后进行了"三角形全等"和"中位线"两个单元内容的教学后,我们策划了主题为"挖掘数学学科教学的育人价值——由几何结构教学的探索和实践引发的思考"的阶段反思和重建活动,提出了几何定理结构教学的两种策略——"整体结构式"和"序列结构式"。又如,"我看新教材"活动就是在先后几次的新教材学习和教学研讨活动的基础上进行的阶段反思和总结。

119

五、项目研究成效

在近两年的项目实施过程中,我们把"动态生成的数学题型和课型研究"分成两个阶段,第一阶段侧重于题型研究,第二阶段则侧重于各种教学课型的研究。在题型和课型研究过程中,力争引导教师主动思考问题,学会发现问题,并在寻找解决问题的策略中促进学习和合作,在教和学的过程中努力实现师生主动、健康的发展,实现"成人"和"成事"的一体化。

(一) 成事

通过一年多的努力,项目工作站完成了"概念背景探究型问题"、"定理形成探究型问题"、"公式推导探究型问题"等动态问题的设计达 70 个以上,开展了"归纳探究型"、"转化探究型"、"复习整理型"、"融合渗透型"、"整体感悟型"等一系列教学实践课例研究,形成了丰富的教学个案,基本上实现了预期的目标。在项目实施过程中我们感到,结构性教学不仅有益于弥补学生"整体性思维培养"的缺失,更利于学生"活化知识,形成结构"。然而,在实际的教学实践中,整体性思维风格的培养往往被广大教师所忽略。究其原因,主要是教材的编排几乎都是采用"小步子走"的方式,教师们习惯于按照教材的顺序实施教学,因为这样比较有益于分解难点,及时巩固,当堂掌握知识。但是,这样做的缺失也是十分明显的,就是不利于学生整体把握知识结构和灵活驾驭知识。在这样一种认识的基础上,我们提出了"初中数学结构性教学实践研究"的课题。

120

(二) 成人

项目任务的驱动,激励了教师的成长和发展。张丞君老师在上完"梯形的中位线"这一研讨课后说了这样一句话:"真的做进去了,是有收获的,虽然很累。"张老师的真实感受验证了叶澜教授在《我与新基础教育》一文中的预言:"谁只要真实地经历过这样的活动,它就会对谁的发展,尤其是自我意识和自主能力的发展产生不可磨灭的影响。"

工作站和教研组在共同发展的过程中,通过一系列活动的开展,使教师投入实践研究的状态发生了变化,大家有了感想,有了体会,更有了行动。

1. 实现了骨干教师的再发展

一些教师在成为骨干之前,往往有着非常强烈的愿望,而一旦当上了骨干教师,便开始表现出一种懈怠。学校中曾经流行的一句话"骨干不干",说的就是这种现象。"项目驱动,骨干引领"的教师专业化成长模式构筑了骨干教师成长和发展的平台,也给了他们相当大的压力。毫无疑问,项目实施过程对引领项目的骨干教师教学理论和教学实践研究能力的提高有着巨大的推动作用,也提高了骨干教师的组织管理能力、协调能力和人际交往能力。

2. 促进了教师队伍的梯队建设

在项目研究的驱动下,教师队伍建设方面也取得了显著的成效,一些优秀的年轻教师从第三梯队进入第二梯队,另外一些教师也迅速地从第四梯队进入了第三梯队,而且继续前进的势头都很猛。一些青年教师多次承担研讨课的教学任务,表现突出,他们中的许多人在不同的教科研工作中取得了不俗的成绩,获得了全教研组老师的一致好评和华东师范大学指导老师的肯定。现在,中学数学教研组中,几乎所有的教师已经从单纯的教学步入了教学实践研究阶段。

投身项目研究,主动迎接挑战
——从一节探究课说起

新"课程标准"改变了教师仅把课程当作教科书或科目的观念,也改变了教师是课程从属者的身分,教师不再是课本知识的消极解释者和课堂教学任务的忠实执行者,而成了课程的创造者乃至课程本身。陈算荣老师引领的"动态生成的数学题型和课型"项目工作站积极投入了对新教材的认识与研究,"创造性地使用教材"是项目组研究新教材过程中的一个重点。我作为项目组的成员之一,又是新教材的实施者,更是不敢懈怠。下面我以自己实践的《分数的拆分》这一节探究课为例,谈谈我和项目组成员共同研究的过程及体会。

一、研究"学情",分析和重组书本教学内容

分数的拆分与分数的加法正好是一个逆向思维的过程。从内容而言,分数的拆分被安排在分数运算以后学习,是合情合理的;但对于六年级的学生来说,思维的方法和思维的空间比较有限,逆向思维的能力也比较薄弱,从思维的层次上看,分数的拆分难度比分数的运算大了许多,故分数的拆分在以前并没有被编入教材。新教材非常重视学生学习能力的培养,把分数的拆分作为探究的内容编入教材,为学生提供了一

个探索的领域。但教材只介绍了分数拆分的文化背景,并直接把它定位在"将一个分数拆分成几个不同的单位分数的和"。我感到,教材的这种处理方式会使教学存在较大的难度,不禁产生了疑惑:这个内容能对全体学生讲解吗? 即使讲解了,学生能接受吗? 我把这个疑问带到了项目组内。大家研究的结果是:这个内容的教学虽然有很大的难度,但由于问题的探索空间很大,有助于培养学生思维的灵活性和敏捷性,所以,不仅要对学生作讲解,而且还要力求让每个学生都参与学习,都能有所收获,只是要对教材所提供的学习内容进行适当的分析和重组,根据学生的思维层次,降低难度。经过讨论,我们大胆地把课题定位成《分数的拆分》,从最简单的"把一个分数拆成几个不同的分数的和"开始,逐步探索分数拆分的方法,最终解决"将一个分数拆分成几个不同的单位分数的和"的问题,为学生提供一个循序渐进的思维平台。第一次作大胆的尝试,既感到兴奋,也感到踏实,因为我有项目组作坚强的后盾。基于对学生"学情"的具体研究,我对上好这节课充满信心,同时也引领我对教材的使用由"被动"迈向"主动"。

123

二、预测课堂,探索和实践数学问题的设计

为了培养学生主动获取知识的能力,激发学生的探究欲望,我们通过讨论,设计了三道开放题:问题(1)"写出两个异分母(分母不大于12)的分数,使这两个分数的和等于$\frac{11}{12}$。"这个问题比较简单,不同层次的学生都能上手,他们通过对加法运算过程的逆向思维,来探究拆分分数的方法——先拆分、再约分,并从中发现规律。这个练习培养了学生逆向思维和有

序思维的能力;问题(2)"写出三个异分母(分母不大于12)的分数,使这三个分数的和等于$\frac{11}{12}$。"这个问题可以让学生巩固以上所总结的方法,激发学生继续探究的欲望,并且$\frac{11}{12}$可以分解为$\frac{1}{2}+\frac{1}{3}+\frac{1}{12}$,让学生从拆分结果中了解到$\frac{11}{12}$能拆成三个单位分数的和;问题(3)"你是否可以把$\frac{1}{2}+\frac{1}{3}+\frac{1}{6}$分别拆为几个不同的单位分数之和?"通过进一步探究,让学生掌握拆分中扩分、拆分、约分的整体过程,了解把一个分数拆为几个不同的单位分数之和的方法,从而激发学生的探究精神,提高学习能力。在尝试和体验数学问题的设计过程中,有一种强烈的意识在我心中产生:我不能再生搬硬套地教教材,而要更多地去研究教材,研究学生,创造性地使用教材。这一切,使我深深感觉到了研究的重要性。

三、审视过程,反思和重建数学问题的设计

根据以上的问题设计,我在第一个班级进行了教学尝试。项目组成员一同参与了听课。可实施下来,达到的效果并没有预期的好。第二个问题在实施时,虽然学生已学会应用前面的方法进行拆分,但由于要拆成三个分数的和,难度加大了,需要花费大量的时间才能完成,并且这个练习对拆分方法的探究也无太大的帮助,完全可以作为一个课外作业来做;第三个问题要求拆分的单位分数太多,会影响学生探究的兴趣,同时这个问题的解决也主要是为方法的探究服务的——先要扩分以后才能拆分,因此只要拆分一个单位分数就可以了。根据以上的反思,项目组对前面三个开放式的问题进行了重

新设计:问题(1)"写出两个异分母(分母不大于18)的分数,使这两个分数的和等于$\frac{11}{18}$。"这里将$\frac{11}{12}$改成$\frac{11}{18}$的目的是$\frac{11}{18}$正好可以拆分成$\frac{1}{2}+\frac{1}{9}$,让学生从前面的拆分结果中发现并了解$\frac{11}{18}$能拆成两个单位分数的和,这正好是前面第二个环节中所期望解决的问题;问题(2)"你是否可以把$\frac{1}{2}$拆分为两个不同的分数之和?"这个问题的思维层次有所提高。在分数不能按前面的方法拆分的时候,学生必须通过探究得出分数拆分中另外一个重要步骤——扩分,又通过有序思维,发现这道题的拆分结果有无数种,从而培养了学生的发散性思维。同时,学生从结果中又不难发现$\frac{1}{2}$可以拆成$\frac{1}{3}+\frac{1}{6}$,使学生了解到单位分数不但能拆,而且还能拆成两个不同单位分数的和,从而引起他们的兴趣,激发进一步探究的欲望;问题(3)"你是否可以把$\frac{1}{6}$拆分为两个不同的单位分数之和?"进一步探究把一个分数拆分成几个不同的单位分数的方法。这个问题的思维层次又较前有所提高,再通过多元互动,可以较好地实现课堂的动态生成。通过对问题的进一步设计和研究,加上不断的实践,我们认识到这个内容的教学很有必要,也很有价值。这样的研究效果增强了项目组进行问题研究的信心,同时也使我逐步感受到了问题研究的价值。

　　通过一学期来和项目组成员对新教材的共同研究,我的课程观有了很大的改变。在教学实践中,我逐渐能以新的课程观来重新审视、规划教学目标、内容和方法,以更高、更宽的

视野来设计教学，看待学生。与此同时，我参与教学研究的积极性、主动性也被激发出来了，能尝试以研究者的心态置身于教学情境中，以研究者的眼光审视教学实践中的问题，对自身的行为进行反思，对出现的问题进行探究，对积累的经验进行总结，在教学的同时开展研究，使教学与研究"共生互补"。今后，在新教材的研究中也许会碰到很多新问题、新挑战，但我会以积极的态度主动迎接挑战。

（沈慧群）

附录二

我找到了属于我的研究点

　　刚调入新基础教育实验学校,学校就让我挑起了重担,担任六年级两个困难班级的数学教学。经过一年的教学实践,我感到既不能很好地发挥自己的教学水平,又无法激发自己的教学热情,只是在困惑和无奈中陪伴学生走过了一年。进入到七年级后,学校成立了项目工作站,我主动加入了我们数学组"动态生成的数学题型和课型"项目研究组。在项目组的积极推动和共同探索过程中,我开始尝试把所处的教学困境变成教学研究的资源,与项目组的老师们共同探讨"困难学生的教学设计策略",寻找到了属于我的研究点。

　　首先,在项目组的协助下,我开展了困难学生的现状分析,从多个角度对困难学生的学习心理和学习习惯进行系统分析,与困难学生进行对话,全面了解了他们的学习缺失和主要的学习障碍。同时,我把自己获取的信息和资源带到项目组,和同伴们一起进行探讨,思考相应的教学策略。其次,我根据自己所面对的特殊的学习群体,改变了原有的教学思想和教学方法,通过"实践、反思、再实践"的教学历程以及项目组成员多次的听课、评课和反思重建活动,不断尝试和调整自己的教学策略。我感悟到,要提高困难学生的教学效果,在设计时应采用"低起点、多归纳、勤练习、快反馈"的教学策略。

在项目组的阶段性反思和重建活动中，我就自己总结的"学困生教学策略"进行了专题发言，得到了参与专题研究指导的孙校长的积极肯定。

当今社会，人们对教师的要求很高，在教育服务时代，当好一个教师很不容易。作为学校的一线教师，又有项目工作站这样一个促使教师专业水平快速提高的平台，我理应更加努力，在项目的驱动下开展对学生和教材的研究，积极实践，勤于反思，面对不同的学生，不断总结出更佳的教学方法，认识自我、设计自我、检验自我、反思自我、改进自我，真正实现自我的发展。

（沈再元）

附录三

项目工作站促我走向教学研究

　　刚调入新基础教育实验学校担任初中教学时,我认为自己曾教过多年的高中数学,对高中数学知识的体系尚且能准确地把握,初中数学的内容那么简单,应付教学理当是很轻松的。然而,在实际教学中并非如此。过去惯用的"老师讲授、学生倾听"的传统教学形式让学生感到课堂乏味,他们对教师的精彩讲解并不像高中学生那样表现出浓厚的兴趣;相反,教师讲得十分辛苦,学生却并未听进去多少。教学对象和教学环境的改变让我感到许多方面不适应,还把在校内听课看作是一种负担,不能用心去学习别人的长处,对学校和教研组开展的学习研讨活动也只是十分被动地参与,更谈不上促使自己教学观念和教学行为的改变了。

　　参加了"动态生成的数学题型和课型"项目工作站后,我和项目组成员定期开展教育教学专业理论学习,一同反思和重建传统的备课理念,确立了新课程背景下的数学大备课观。特别是项目组要求每一位成员承担专题学习任务,使得我逐渐从一个被动的学习者变为一个引领伙伴的学习者。学习角色的转化激发了我的内在发展需求,使我感觉到仅仅停留在理论学习的层面还不够。在项目的驱动下,我开始积极地参加教学实践研讨,投身于学习中,成为

129

一个主动的参与者。现在,在学校和教研组内的各种教学研讨活动中,我总能积极主动地发表自己的看法,提出供大家探讨的问题,还能在开展主题教学研讨活动时作相关的专题发言;我不再只是一个"观众"和"听众",而是一个充满自信、敢于表达、乐于参与的教学研究者。

在"动态生成的数学题型和课型"项目研究过程中,第一阶段,我尝试在课堂上对个别问题进行开放的设计,并在实践中探索如何捕捉开放问题的教学资源,把问题带到项目组中和同伴共同进行探讨。第二阶段,我和项目组成员一同开展课型探索。其中体会尤为深刻的是结构性教学研究。"三角形中位线"和"梯形中位线"这两个内容的学习是一个从特殊到一般的过程,它们有着研究方法的类结构和知识内容的类结构。在项目组共同学习和探讨了华东师范大学吴亚萍老师提出的"长程两段式"结构教学策略后,我在进行"三角形中位线"教学时,着重于"教结构",而在进行"梯形中位线"教学时,意在引导学生"用结构",让学生主动形成"从梯形中位线的概念、图形,到性质的猜想、验证、归纳,再到应用"的学习过程,同时引导学生进行知识结构的类比,联系三角形中位线性质的猜想和证明方法对梯形中位线定理进行类比猜想,主动运用"图形转化"的思想寻找梯形中位线定理的证明方法和思路。在探索证明时采用开放的设计,引导学生利用梯形和三角形之间的图形转化,让学生生成多种资源。这样的课堂,对教师是一种极大的挑战,但收获往往也是最多的。

教师的学习和发展是一个持续不断的过程,也是一个不断深化的过程。项目研究过程中,我不断体验和感悟学科教学的价值和内涵,也更深地领会到教师的成长离不开同伴的合作与互助。在"动态生成的数学题型和课型"项目工作站的引领下,我正向成为一个教学实践研究者的目标大步迈进。

(张丞君)

项目研究促我变化

　　在调入新基础实验学校之前,我在一所地处偏僻的农村中学任教。也许是由于信息的闭塞,学校教研的氛围并不浓厚,平时最多就是教师之间相互听听课;如果组织评课,大家也尽量讲点好听的话,从来没有人真正帮你指出其中存在的问题,教师自身专业水平的提高十分缓慢。调入新基础实验学校的一年间,我感到了这里浓郁的教学研究氛围,尤其是我有幸参加了陈算荣老师组织的"动态生成的数学题型和课型"项目工作站,通过与同伴间的相互学习、交流以及自身的行动研究,我切实感受到了自身的发展和变化。

　　首先,我的教学观和行为发生了变化。以往的教学中,我始终关注的是学生知识点的掌握情况,认为只要学生听懂了我的上课内容,学会了解题,就可以了。于是,我在课堂上讲许许多多的例题,学生模仿着做许许多多的题目,忙忙碌碌。就拿几何定理的教学来说,过去,我总是急急忙忙先将定理用讲解的方式教给学生,接着就是让学生反复地进行巩固练习。在这一过程中,学生的知识虽然得到了充分的落实,但是他们的思维始终停留在被动的局面,没有得到充分的发展。现在,经过与同伴们的交流与探讨,在进行定理的教学时,我会思考如何创设探索定理的问题情景,力求让学生充分地去体验定理的形成过程,探索定理的各种证明方法。开放的教学情景不仅放飞了学生的思维,而且激发了学生的探究热情。

其次,我的教材观发生了变化。以前,我对教材上的内容深信不疑,教学内容的安排始终扣住教材的安排,不敢有丝毫变动,书上说什么,我就教什么,一切根据教材,为教教材而教教材。而现在,我已充分认识到,教材只是教师传授知识的一种载体,教师应根据学生的需求与实际,在具体的教学需求下,敢于将教材予以适当的重组,以利于学生的学习,并且不要迷信书上的方法是最适合学生的。如三角形一边的平行判定,书上采用"同一法"证明,而初中学生较难理解"同一法",大纲对此也不作要求,以前我只好采用教师讲授的方式,让学生被动地接受。现在,我尝试着让学生在教师的启发下进行自主探索,结果学生不仅在教师的引导下感悟到了"同一法"的证明原理,而且还发现运用构造平行四边形的方法去证明该定理中的两直线平行更为方便,远比书上介绍的方法容易得多,为此,学生也感到十分得意。成功的创造让学生体验到自己的巨大潜能,也让教师深刻地感觉到教师和学生也是课程的创造者。

一年多的项目研究使我深深地感到,由于我教学行为的改变,带来了学生的改变,几乎每节课上学生都会有出乎意料的发现,有的证明方法及解题策略甚至是我在备课时根本没想到的。通过项目的驱动,每当我对课堂教学的设计有一种新的想法时,就有一股要在课堂中去尝试的强烈欲望,给自己的教学实践研究注入了强大的动力。

（周永权）

项目五　科技创新教育研究

以科技项目驱动，搭建教师
专业化发展平台

　　科技教育是当代教育的重要组成部分。综观世界科学技术发展史，许多科学家的重要发现和发明，都是产生于风华正茂、思维敏捷的青少年时期。在这个阶段加强科技创新教育，培养青少年的创新精神和创新能力，将对我们国家科技竞争力的提高产生巨大作用。

　　开展科技教育，培育大批青年科技人才的关键在于科技师资队伍建设。在科技教育实践中，建设一支高素质的科技师资队伍，是当前学校科技教育的核心工作。我校以科技项目驱动搭建教师专业化发展平台的生动实践，为科技师资队伍的建设创出了一条新路。

一、科技创新教育项目产生的背景

（一）学生对科技创新的学习、实践普遍感兴趣

　　我们在探究课教学和通过其它方式对学生的了解中，发现喜欢目前的学习状况的学生很少，即使是一些学习成绩优良的学生，也似乎对现在"填鸭"式的学习不感兴趣。而科技活动内容广泛，形式多样，如能源制作设计、生物百科、车航模型制作、机械奥运、机器人设计、建筑模型、无线电技术、电脑

程序设计、"头脑奥林匹克"竞赛等,能充分培养学生的好奇心和求知欲;学生在学习过程中,也能不拘泥于书本,不迷信权威,不依赖常规,自主学习,独立思考,在实践中培养自己的探索精神和创新思维。

（二）学校在原有的科技创新教育中积累了有益经验

经过几年科技活动的实践,我们对培养学生学科学、爱科学、用科学的精神,获得了一些有益的经验。特别是参加了"头脑奥林匹克"竞赛活动及"机器人"项目等重大科技竞赛活动后,学生中喜爱科技活动的人数越来越多,许多学生在竞赛中获得了市级和区级的各类奖项,所获奖励的等第也越来越高。最可喜的是,个别主课教师眼中的那些所谓"差生"参加科技活动并获得优良成绩和荣誉后,发现了自身价值,激发了他们对基础文化课程的学习热情。

（三）学校意识到必须改变松散的、不规范的科技教育现状

作为"新基础教育"的基地学校,以学生的主动发展为本,让学生在学习成长过程中充满生命活力,是我们主要的办学理念,而重视学生科学素养的培养和教育是实践这一理念的途径之一。而此前的学校科技教育,由于力量比较分散,教师经常会遭遇技术困难,学生成绩也不理想。有些教师只是把科技活动和学生兴趣活动作为教学工作量的补充,有时还将科技活动时间移作补课之用。此外,年青教师自身科技素养不足,缺乏指导学生参加科技活动及科技竞赛的能力。成立"科技创新教育"项目工作站,目的就是要把科技创新教育项目研究作为激发教师专业化成长的驱动力,对如何培养学生的创造性思维品质、创造性人格和创新能力开展深入的研究。

二、科技项目研究的确定和师资培训方案的推出

(一)从实际出发,确定可实施的研究项目

从发挥教师和学生的潜能出发,工作站成员经过讨论、研究和分析,筛选出了基本可行的项目研究实施流程,减少了项目实施过程中的盲目性。

1. 因人制宜

由于诸如无线电遥控、智能控制、程序控制和电脑创意设计制作技术等科技含量很高,教师尚不具备指导这些活动的能力,我们就从简单动力机械、简易加工技术、有线控制技术入手设立研究项目,以有效地开展科技创新指导活动。王老师对机械设计加工有兴趣,就负责3DSMAX、AUTOCAD等三维设计指导和机械加工技术指导;马老师是物理教师,对力学原理和能量转换问题"轻车熟路",项目组就安排他担任能量转化类竞赛活动的指导工作;朱老师美术功底好,工艺水平高,就负责指导学生制作建筑模型……。工作站在确定研究项目时,从本校科技力量的实际出发,因人制宜,使活动的开展从一开始就有了一个扎实的基础。

2. 因"财"制宜

有些科技研究项目是学校财力所不及的,如精密加工技术,我们在澳门看到来自香港的机器人创意参赛作品制作非常精美,打听下来,他们是采用数控激光切割机加工的,该机价值20多万元人民币。还有电脑智能仿真机器人,每台需人民币3万至10万元。有些科技活动项目需要有较强的金属加工能力,要用到数控车床、电路板设计制作、金属焊接等。显然,学校的财力还不允许我们拥有价格如此昂贵的机械工具。于是我们从小项目着手,购买了迷你型学生专用车床、线切割机、钻床和铣床等,花钱不多,但满足了师生操作训练、开

137

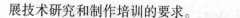

展技术研究和制作培训的要求。

（二）从实际出发，确定教师应具备的科学素养和技术能力

缺少具有科技指导能力的教师，科技创新教育就成了无本之木，而一些学科教学能力强的教师却不一定能对学生进行科学技术兴趣活动的有效指导。科学技术指导教师除了具备必要的科技理论知识之外，还需要很强的动手能力。项目工作站的负责人是学校在对几乎所有理科教师的科技能力进行了认真分析比较后确定的。工作站的工作要以全面培养学生科技创新能力、提高学生素质、创建上海市科技教育特色学校为目标，使学校在艺术教育及科技教育两方面都能充分展示魅力。如果能实现参加"头脑奥林匹克"竞赛世界决赛的目标，将更好地推动学校的发展，提升和拓展学生全面发展的水平和空间。

要做到这一点，首先要对教师的科学素养、创新能力进行认定并进行有计划的培养，同时集合起一批有志于提高自身科技创新能力的年轻教师，形成一支规范的科技指导教师团队，促进教师向"多能化"方向发展。工作站的主要意图是，通过互动、互助、互勉、互利，使参与项目活动的教师共同成长，共同成才，逐步形成有利于建设一支以老带新、不断成长的科技教师队伍的长效机制，避免出现因一个主要科技教师离开学校而导致原有科技教育项目体系立即全盘瘫痪的尴尬局面。

（三）将校本培训作为培养科技指导教师的新形式

我们定期对站内指导教师和部分喜爱科技的学生进行必要的技术培训，方式有自培、外出学习、请专家教师来校辅导等，主要内容有机械原理初步、工程力学初步知识、机械加工技术基础、机械传动、电子技术初步等。我们还不定期地聘请市、区少科站的教师到校，为本校教师进行专业指导。

在进行培训的过程中，我们分步实施科技教育方法的研究，逐步提高站内教师的科技教育教学能力，并同步培养出了一支学生科技活动的骨干队伍。

第一步，完成一般的技术理论指导和简单竞技类科技活动的指导技术，如能源小制作、机器人竞技场、"头脑奥林匹克"万人大挑战等。

第二步，完成电脑设计制作软件应用，建筑模型设计，"机械奥运"中的创造性项目设计、研究、制作指导，提高创新能力和动手能力。

第三步，在总结实践经验的基础上，提升理论研究能力，形成科学有效的科技指导理论体系，形成一支具备较强科技教育能力的指导教师队伍。

（四）确立三阶段项目实施方案

在校本培训中，按教师的实际科技能力及其在培训中的状况，我们还确立了三阶段项目实施方案：

第一阶段（第一年），站内所有教师初步掌握机械制作原理、力学处理方法、机械加工技术、电子技术初步理论、无线电原理、机器人控制程序等知识和技能以及指导学生参加一般竞赛活动所需要的技术；培养出一批能指导学生初步掌握机械制作和加工技术、机器人控制技术、"头脑奥林匹克"竞赛技能、创造性技能以及其它必要的科学技能的优秀科技教师。

第二阶段（第二年），形成科技教师群体，并不断壮大队伍，形成以老带新的梯队形组合；较大面积地提高学生的科技创造能力，在区、市级比赛中取得较好成绩。

第三阶段（第三年），一定数量的科技指导教师脱颖而出，学校以他们为骨干，开展创建"上海市科技教育特色学校"的活动,并形成较为系统的科技创新教育成果。

三、骨干教师引领,以科技项目研究促进教师专业化发展

（一）以身作则,以诚待人,领衔教师率先示范

项目工作站成立后,骨干教师一马当先,全身心地投入了科技教育指导。2005 年,为了指导学生参加"机械奥运"、"全国建筑模型奥运竞赛"、"头脑奥林匹克"创新大赛等重大竞赛活动,一些骨干教师几乎放弃了所有的双休日和寒暑假的休息时间,一心扑在了科技指导工作上,并取得了优异的成绩。

领衔教师以自己的人格魅力去感染其他教师,产生了一种能把所有人团结在自己周围的凝聚力。他毫无保留地把自己创造思维方法的技术传授给站内的其他教师。例如,张老师对电机工作原理了解不多,但是由她带领的"能源"兴趣小组需要竞赛指导,于是领衔教师就从磁场对电流的作用、磁极变换、换流器的工作原理、影响电机功率输出的有关因素等方面对她进行精心指导,并进行电机拆装实验示范,使她迅速掌握了有关技术原理,完成了指导学生兴趣活动和参加竞赛的任务,在 2005 年上海市"能源"竞赛中获得了一等奖。

（二）精益求精,创新发展,发挥领衔教师引领作用

我们从建站开始就明确规定,领衔教师必须给予站内教师实实在在的具备可操作性的技术指导。例如,在"头脑奥林匹克"万人大挑战的纸质滑坡车制作过程中,领衔教师对相关指导教师进行了具体的帮助。竞赛规则规定,滑坡车的质量不能超过 20 克,要让车从一个长 60 厘米高 30 厘米的斜坡上滑下,依靠惯性在水平面上滑行,滑行距离越远,成绩越

好。我们知道,使物体维持原运动状态的性质只跟质量有关。那么在质量受到限制后,哪些条件可以增大车的滑行距离呢?经查阅资料和实验测试发现,增大车轮的转动惯量、减小阻力矩、减小滑动摩擦阻力等,可以有效地增大车的滑行距离。找到解决问题的方法后,我们采取了有针对性的措施,如增加轮缘厚度来增大转动惯量,用磨得极细的牙签或针做车轴,以减小车轴直径来减小阻力矩,在车轴与纸孔之间选用摩擦系数小的塑料片做轴套,滴上润滑油以减小滑动摩擦阻力等。这些措施被采用后,果然取得了很好的效果。

在学习中,我们注意将理论学习与解决实际问题有机地结合起来。如在引导教师进行科技指导时,组织教师针对出现的问题制定研究和学习方案,不是漫无目的地去学习一些无实际意义的文章,而是注重从学习中得到借鉴,从挫折中吸取教训,从成功中获得经验。例如,"头脑奥林匹克"长期题的车辆类竞赛,规则要求车前进时只能用手来驱动,但手不能直接接触车轮;除车轮外,车的其它任何部件包括车上的人均不得接触地面,同时,还要求驱动方式要有创造性。于是我们决定不采用常见的链式驱动方式。起先想到用软弹簧来传递力的作用和改变用力方向,但是车轮所需的扭矩远远超过了弹簧的弹性限度;改用绳子与轮轴方式来驱动也告失败。后来,我们决定用齿轮来传递驱动力,但又找不到理想的材料,而且加工定做费用很大,也不符合自主创造性原则。这时,我们突然想到了用手摇钻的伞齿。我们在旧货市场用很低廉的价格买到了两个手摇钻,经过实验,终于获得了成功。

(三)教师注意多方位研究学生,多方面实施指导,逐步掌握科技教育方法

我们在科技活动中发现,喜爱科技活动及具有一定科技

141

能力的学生分布，地域因素很明显，境外学生如港、澳、台及旅居欧美的华裔学生要优于上海本地学生，而上海学生要优于内地借读学生。其原因在于，学生对科技活动的兴趣，除了自身因素之外，家庭对子女的支持程度是至关重要的。有几个初中学生非常喜欢科技活动，但由于期末考试成绩较期中的绝对值有所下降，家长就禁止他们参加科技活动了。其实，参加科技活动会影响成绩的说法根本就站不住脚，参加"头脑奥林匹克"活动的部分学生学习成绩还有所提高；更有一些学生由于科技活动成绩优异，被市重点高中免试提前录取。所以，总的看来，还是要通过切实有效的科学指导来吸引学生积极投身到科技活动中去，关键是要掌握教育的方法。我们的具体做法如下：

1. 教给学生系统的科学知识

我们通过学习训练，使学生扎实地掌握科学基础知识，开阔了学生的视野，丰富了他们的知识体系，如生态环境、科学技术、设计制作、工程原理、高新技术、科学常识等等。通过开设科技活动课，让学生了解最新信息，增强发现身边科学知识的敏感度，并能较系统地寻找解决问题的途径，促进文化课程的学习，将各门学科的知识融会贯通。

例如，设计制作纸桥时，怎样增强纸的抗弯曲强度？每个小组学生都动了不少脑筋，想了多种办法。他们发现了纸的纹路、纸的厚度、纸的湿度、纸的品质对纸抗弯折强度的影响，又发现把纸弯曲、卷曲、折叠等可增强纸的抗弯曲强度。于是，他们用交叉支撑、三角支撑、拱型支撑来增强纸的抗弯曲强度。大多数学生通过活动与亲身体验，有意无意地获得了材料力学、结构力学中的感性知识。

2. 培养、开发、提升学生的智能

科学教育在我国有两个主要目标:一是广泛普及科学知识和科学方法,培养科学精神,提高广大公民的科学素养;二是为尽快和更多地培养具有科学创新意识和科技创新能力的一流人才打好基础。为了较好地发展学生智力,在科技活动中,我们注重发展学生的创造性思维和创造性想象能力。创新离不开观察和想象。没有观察就没有问题,没有问题就没有想象,没有想象就没有创造发明,就没有科学预见。我们通过开展科技活动,提高学生的观察能力、操作能力、思维能力,进而将这些能力提升为创造能力和技能。

例如,让学生去观察马路上的交通情况。学生观察下来的情况有:行人不遵守交通规则,闯红灯和乱穿马路者比比皆是;非机动车与汽车抢道,险象环生;红绿信号灯时间设置不合理;不同道路车流量分配不合理,有的道路车流过于密集,等等。我们便引导学生分组讨论如何解决这些问题。学生经过思考,提出了一些解决方案,如:全封闭道路所有交叉道口建人行及非机动车地道;所有道口禁止车辆左转;建造悬挂式单轨电力公交车,用升降机控制车辆高度,便于行驶和上下客;改进红绿灯的控制方法,改用智能化控制,能自动判断路口车辆的流量,设定放行时间;在所有交叉路口的建筑物之间设置空中走道等等。其中的一些建议非常有创意,令人刮目相看。

3. 耐心细致地指导科学研究的方法

做任何事情都要讲究方法,科学研究的方法同样要求分析操作严密,顺序性强。为了使学生掌握科学研究的方法,我们让学生自己体会不同设计方案的科学性、合理性、可行性,并通过比较性实验来筛选优化方案,同时强调可测性和有效性。教师运用推理、测量、计算的方法,不断改进,逐步完善,使学生逐步掌握了科学研究方法，为他们今后步入社会、服务于社会打下了坚实的基础。

例如做步行机器人时，学生发现"四足机器人"步行时会跳动，这样动能损失很大，前进的速度就慢了。教师就和学生一起分析原因。我们发现由于机器人的脚是方形的，在摆动时，摆长不一样，造成从支撑力作用点到轴心的距离不停地发生变化，因而机器人在行走时就发生跳动。我们要求学生自行解决这个难题。一些学生画了很多设计草图，并通过对"重心"位置的确定、脚长的半径计算和实验验证等，逐步筛选，圆满解决了机器人"跳动"的技术问题，从而得到了一次很好的锻炼。

4. 要慧眼识人，善于发现学生中有科技潜能的人才

教师在科技指导过程中要注意一些对科技活动特别感兴趣、有很强动手制作欲望、善于提出问题和方案的学生。例如，一位教师在辅导学生科技活动时，有几个非组员的学生主动找上门来要求参加。教师认为他们可能是一时好奇，心血来潮罢了，但又不便直截了当地拒绝，就想故意为难一下他们，随意地提了几个技术问题，要求他们在一周内解决。不料他们第二天就拿出了解决的办法，于是被吸收进了兴趣组。其中一个学生在一些老师眼中是"差生"，但对科技创造特别有悟性，为了解决技术难题，甚至可以废寝忘食。该学生在以后的科技竞赛活动中屡获区、市及地区级大奖，取得了优异成绩。如果当时老师拒绝了他，他可能会被埋没；从沙堆中被挖掘出来的金子方能闪光。

四、在项目驱动下，教师提高了科技竞赛的指导能力，提升了科技教育的价值

"知识"、"智能"、"方法"、"重组"，这是创造力的基础。

我们充分认识到这个科学规律,并努力从这几个方面增长学生的创新才能和动手技能。为了使学生对科技活动直正产生兴趣,我们制造"诱惑",通过教育活动鼓励学生不断朝着科技高峰攀登。当学生创造的欲望被激发起来后,我们又因势利导地把学生引向眼前的创新性活动,积极开展小发明、小制作竞赛活动。

教师投身于科技指导,成绩主要是通过学生参加各类科技竞赛时获奖体现出来。要得到优异的竞赛成绩,要"文武"兼备,必须具备如下一些要素。

(一) 强调"挫折"教育,树立百折不挠的精神

科技竞赛活动要求参加者必须诚实、坚毅、细致、严谨。科技活动引导学生做实验,注重定量分析,始终强调严密性和精确性。无论是观察、记录,还是数据分析,都必须准确无误。这就要求学生必须细致严谨,一丝不苟,同时,还要培养学生不怕失败、百折不挠的品质。在指导教师的言传身教下,逐步使学生养成认真工作、实事求是的科学态度。

例如参加"2005 北京全国建筑模型奥林匹克竞赛——桥梁结构承重"比赛的训练时,竞赛规则规定,桥长不小于 1米;中间跨度不小于 50 厘米;桥墩净空高度不低于 7.5 厘米;质量不大于 150 克;材质必须选用轻质泡桐木;木条横截面限制在 3 毫米与 2 毫米之间;木条只能用普通胶水粘合;平行木条间距不得小于 2 毫米。参赛学生面对这么多限制条件,精心设计制作,完成一个试验作品就需要 8 至 10 个工作日。他们在指导教师的带领,将整个暑假都"泡"在了学校的工作室里,甚至做到深夜。制作——试验——失败,找出原因再做,经过不断反复实践,终于使承重质量超过了去年的全国纪录,在比赛中获得了全国"一等奖"的优异成绩。通过这样的

145

竞赛活动,学生经受了挫折,得到了磨炼,克服困难的信心明显增强,意志品质也得到了培养。

（二）要让学生在活动中增强自主意识,通过创造获得成就

科技竞赛活动能激发学生参加科技活动的动力,也符合处于青少年时期的学生具有强烈的好奇心、好胜心和求知欲的心理特征。近几年来,我们在培养学生创新思维及创造力上花了不少功夫,积极宣传并动员学生参加区、市组织的科技发明与创新大赛。为了使学生真正成为发明创造的主创人,我们在指导这些学生时,坚持只予启发,提出建议,帮助实验,提出质疑,让学生自主研究,展现真实的自我,体现学生实际的科学素养。例如,小李同学凭着对计算机技术的酷爱,自学了"*Visual Basic*"程序语言。他自费到市青少年科技教育中心接受辅导,自主设计编写完成了数学函数图像自学系统,并因此获得第二十届"英特尔上海市青少年科技创新大赛"创造发明上海市一等奖、第三届"明日科技之星"提名奖,向明中学"向明奖"。其间,教师仅提供了测试验证和一些改进建议,其余工作均由他本人独立完成。又如,小王同学对科技活动有极大的兴趣,并有着敏锐的观察力,常常能想出一些好的点子和设计出一些创新科技作品。他与台湾籍学生小胡一起,研究、设计并制作了道路交通应急系统,在 2005 年澳门举办的埠际"机械奥运"比赛中,他们的"双电机创意造型"夺得了金牌。教师在指导期间,检测出不少问题,并据此提出质疑,多次推翻了他们的设计方案。但他们在暑假中连续奋斗20 多天,付出了辛勤的劳动,终于取得了优异的成绩。

许多国家非常重视学生的科技教育和创造性教育。在上海开展的青少年课外科技竞赛活动也越来越多,如计算机应

146

用技术竞赛、机器人创新大赛、"头脑奥林匹克"竞赛系列活动、科技创新大赛、发明创造和科学论文撰写比赛等等。科技竞赛活动的开展可以使学校更加重视科技教育,也可以使学生在选定的科技活动项目上或在完成各项实验的过程中能较深入地钻研有关知识。学生参赛的积极性越高,就会越深入学习,就越会感到学有所用,从而激发起学科学的兴趣。在科技竞赛活动的推动下,学校的科技教育工作将得到蓬勃发展,学生的创造力也将不断增强,这对培养我国新世纪科技后备人才具有深远的意义。

（三）科技教育的累累硕果,标志着教师发展与项目进程同步

在科技创新教育项目工作站的指导下,我校学生在各项大赛中表现突出,取得了优异的成绩,其中尤为突出的是"变废为宝"获得市团体一等奖;"水资源竞赛"获两项市个人一等奖。2005 年度更是成绩喜人,我校学生获得了第二十届"英特尔上海市青少年科技创新大赛"一等奖;上海市纸建筑模型制作一等奖;上海市科普英语竞赛一等奖;上海市 SVA"未来工程师"机器人滑雪一等奖;上海市"机械奥运"双电机造型、机器人短跑团体一等奖和澳门埠际"机械奥运"双电机造型冠军,另有 5 人获得了 2005 上海市"头脑奥林匹克"万人大挑战赛的一等奖。2006 年伊始,我校学生又获得了上海市"进才杯未来工程师"机器人竞技 3 个市一等奖;全国建筑模型"结构承重"一等奖和 2006 中国上海"头脑奥林匹克"创新大赛"花车巡游"第四名。"头脑奥林匹克"活动成了我校的特色项目,在工作站老师的精心辅导下,两年来一直焕发着勃勃生机,成了学校教育的一个亮点。

事实证明,用"项目"来促进教师发展的做法是有成效

的。一段时间下来，教师的技术学到手了，科技素养提高了，指导学生科技竞赛的成绩也出来了，并形成了一支团结协作的科技教师队伍，这是"项目"实施后的最大收获。

五、存在问题与思考

尽管我们取得了许多可喜的成绩，但也存在着明显的不足，一些问题也值得我们去认真思考。首先，由于教育体制和社会特别是家庭方面的原因，虽然学校提出了创建科技特色学校的办学思路，但是开展科技教育活动并不被看好。班主任不支持学生参加科技活动的为数不少，家长不准子女参加科技竞赛活动的也大有人在。据调查，境外学生家长普遍支持子女参加科技竞赛活动，而内地学生家长持反对意见的占多数，这种现象值得引起我们的重视。

"头脑奥林匹克"竞赛队员中七年级学生小王的家长在看到我们的训练和设计制作后感到很"惊奇"，感慨地说：这种活动对孩子太有帮助了。每次训练，这位家长都来观看，常常看到晚上九十点钟，并提出了一些很有创意的建议。参赛这天，有四个参赛学生家长亲临现场去观看比赛，他们也感受深刻地说：这种比赛活动对孩子的学习成长太有帮助了，"死读书"还真是不行，明年还要让孩子参加。家长的积极反应，使我们想到科技教育项目的"触角"还有必要延伸到家庭，应该让家长多了解一些科技项目活动情况，为学生的学习生活添加一点"科技营养"。因此，我们在组织学生参加科技活动和科技竞赛的同时，都会给家长送去参赛意见书，征求家长意见。

其次，我们感到目前对科技教育的经费投入还不够。我们现在只能开展一些小项目，进行一些小规模的科技竞赛活动,而对最能代表现代高新技术的"智能型机器人创新大赛"却因为经费不足,只能"望洋兴叹"。上海市青少年科技教育中心的指导教师也一再呼吁,要组织学生开展具有科技含量高的科技活动,缩短与日本、香港、新加坡等地学生的科技水平的差距,而我们显然做得还不够。此外,科技加工工具、机械设备还达不到要求,需要添置一些精密机械提升加工精度,如电子卡尺、电子天平、压力计、激光测距仪、激光切割机等。此外,教师指导学生进行技术加工的能力还需进一步提高,如对各类机械的操控能力、对复杂零部件的加工能力、对特殊零件的设计制作能力等。

　　从科技创新教育的发展态势来看,我们感到有能力参与这项工作的师资力量还明显不足。然而我们又是幸运的。学校对项目工作站的大力支持,使我们有了互助合作的科技教师团队;正是有了这支队伍全体成员的不懈努力,才有了现在这些成绩。我们深信,科技创新教育之路将会越走越宽广。

附录一

项目研究使我和学生
都发生了转变

　　我是一名从事初中物理教学的青年教师。2005年,我校成立了"科技创新教育"项目工作站,我有幸成为这个项目工作站的成员之一。在参加项目工作站活动的过程中,有一个"重力车"项目引起了我的注意,该项目要求学生利用初二所学的力学知识来解决简单的实际问题。我将这个项目在所教班级一讲,不少学生表现出强烈的参与意识,小林同学也要求报名参加。当时我有点犹豫:他平时学习态度散漫,作业经常缺交,上课打不起精神,还偶尔会提出一些"怪"问题,这样的学生能行吗? 但我没有打击他仅有的一点积极性,还是让他加入了我们的实验小组。以后每天中午,在工作室里总能看到小林的身影,时而也能听到他与其他同学的争执声。

　　5天以后,我让学生将他们拼装好的模型拿给我看,从而确定参赛人员。小林也拿出了自己的作品。当我看到他的"重力车"时,顿时眼前一亮:真是与众不同的创造! 他想到了用稍有弹性的细绳间接地作为动力来拉动小车前进,并用滑轮组来增加绳子的绕轴圈数,而且缠绕方向基本正确。为此,我表扬了小林同学,称赞他有创新精神,并把他列为参赛人员之一。我第一次看到小林脸上露出了自豪的笑容。更值得欣慰的是,在下午的物理课上,小林的坐姿好了很多,听课也认真了许多。第二天的回家作业上交后,我特意仔细看了他的作业,发现他把每道题都做了,而在往常,他总是只挑自己喜欢的做或者只做选择题。同时,我发现他作业中附了一张纸条,上面写着:"老师,我能否把轴再搞细一些?"当然可以! 我不假思索地想。我立即将小林叫到办公室,告诉他可以这样操作。下午上课之前他来找我,告诉我他发现了两个问题:一是这样改进后重力车跑得和原来一样远;二是线直接绕在轴上,原有的动力矩太小了。怎么会出现第一种情况呢? 按原理应该是跑得更远呀! 我马上从抽屉里拿出模型试了一下,果然如此! 问题出在哪里呢? 我百思不得其解,不知该怎么去指导学生。我想到了周老师,想到了项目工作站的同仁。放学后,我直奔工作室,将这个问题摆了出来。大家你一言我一语,还帮我一起反复实验。最后周老师指出,将绳子直接绕在轴上,其实是增大了摩擦,这样,在原有的动力下,小车自然就跑不远了。真是这样! 我怎么没想到?! 看来集体的智慧真是不可估量。我很快将这个结果告诉了小林,并帮他共同改造模型。

之后的每天中午,小林照例钻进工作室,对他的模型进行改造。趁此机会,我与他进行了交流。在交流中,我耐心启发小林认识课堂上认真学习的重要性,要求他把设计重力车模型的兴趣和平时学习结合起来。这以后,我经常在物理课上看到他专注的目光,而且他时时提出一些有针对性的问题主动与我交流。另外,由于课余时间他有事可做,哄闹的学生中不再有他的身影,班主任也经常表扬他在行为规范方面大有改善。受到鼓励,小林越发遵守校规校纪,学习热情也日益高涨。

在这个过程中,我也反思了自己的课堂教学习惯。假如我能在课堂教学中经常设计一些类似的实际问题让学生解答,是否对学生掌握知识更有效呢？我进行了尝试,发现学生感兴趣的程度明显有了好转。由于实验中经常会遇到许多问题,类似小林同学以前提出的所谓"怪"问题现在我也不觉得"怪"了,我的课堂教学理念也在逐步更新。至于我们能否在比赛中获奖,已经不重要了,重要的是,我们都发生了转变。

（马海荣）

附录二

我眼中的"科技创新教育"
项目工作站

一、科技队伍不断壮大

我校独创的科技创新教育项目工作站成立以来,给学校的科技教育带来了前所未有的活力。此前,我校不仅没有一个专职科技教师,而且兼职的科技教师也屈指可数,每次搞科技活动或组织各类竞赛,我都要动足脑筋,一个一个地去求教师参加。如今,结合校本培训,把不少教师吸引到"项目"工作站中来了,在周老师领衔下,大家一起学习科技教育理论和科技教育方法,参加各类培训,还真学到了不少本领,如电脑三维动画设计制作、电机工作原理、机器人创意设计、延时控制技术等。经过一年多的运作,"科技创新项目工作站"的成员不断增加,已经形成了一支可以胜任学校科技教育的教师队伍,对学校科技教育活动的开展起了很大的作用,科技教育活动已呈现良好的发展态势。

二、科技活动形式多样

以前,由于科技指导教师的缺乏,我校的科技活动只局限于科普参观、科普讲座和一些科技普及类竞赛,如天文、"头脑奥林匹克"擂台赛和一些学科类竞赛等。成立科技创新项目工作站后，我们在一些年级开设了"头脑奥林匹克"拓展课，注意培养学生的创新意识和创造思维。工作站其他成员都担任了中小学"头脑奥林匹克"、科技创新、机器人、科技小制作、生活与化学、环保、车模等科技兴趣课，使科技兴趣课的种类大大增加，参与科技活动的学生越来越多，热爱科技活动的学生也不断涌现，一些具有科技特长的学生进入了教师的视线。项目工作站的老师还承担了日常的科技工作，尤其是每年一度的科技节，大家共同出谋划策，制定计划，每人负责一项活动，深入到各年级开展指导，大大增强了学生参加科技活动的积极性，丰富了他们的课余生活。

154 三、科技教育质量不断提高

以前，由于科技活动开展较少，难于发现具有科技特长的学生，因此我校从未参加"头脑奥林匹克"大赛、INTEL 科技创新大赛、"明日科技之星"SVA 机器人大赛、机械奥运等高难度的科技大赛。成立科技创新教育项目工作站之后，为了打破这种局面，工作站成员系统学习了"头脑奥林匹克"竞赛的流程及如何辅导学生完成即兴题和长期题的方法，学习了如何指导学生完成科技创新个人项目和在机器人项目中如何编程等。在参加项目工作站之前，我辅导的科技竞赛主要是天文、环保之类的科普竞赛。参加工作站以后，通过学习新的知识，我现在已经能承担 INTEL 科技创新大赛、"明日科技之星"大赛的辅导。站内成员也大多能承担一些大赛的辅导和训练工作。正是因为有了科技创新教育项目工作站的群策群力、团结一心，我校连连取得科技大赛的好成绩，例如获市科技创新大赛一等奖两次，获澳门机械奥运双马达埠际赛冠军，获全国桥梁结构承重比赛一等奖，获"头脑奥林匹克"创新大赛《花车巡游》初中组第四名等。

科技创新项目工作站不仅培养了教师的科技创造性,更重要的是通过一大批科技教师的辛勤工作,把我们的学生培养成为未来社会的建设者和创造型人才。相信在大家的共同努力下,我们将取得更多更好的科技教育成效。

(万俊红)

项目六　开展符合校情的教育活动,促进学生快乐成长

充分利用教育资源,让学生在体验教育中健康成长

转型时期的德育目标要求学校教育以学生的主体性发展为前提,实施主动性、开启性的教育。以学生的亲身经历和深刻感悟为基础的德育体验将学生和具体的德育实践过程紧密联系在一起。学生在德育活动的每一个细节中体验着自主和自尊,体验着互相合作、互相激励的积极的精神力量,体验着生命意义发生、创造与凝聚的过程。体验,促使学生的情感态度和价值观得到全面的提升和发展。基于这样的认识,我们建立了以学生成长为目标的项目工作站,主题是"充分利用教育资源,让学生在体验教育中健康成长"。

一、项目启动背景和现状分析

（一）项目启动背景

1. 从时代的要求看,未成年人思想道德教育已成为一个常抓不懈的重要工作。中共中央、国务院在《关于进一步加强和改进未成年人思想道德建设的若干意见》中指出:学校是对未成年人进行思想道德教育的主渠道,必须按照党的教育方针,把德育工作摆在素质教育的首要位置,贯穿于教育教

157

学的各个环节。为了加强和改进未成年人思想道德建设，《意见》指出，在对未成年人进行思想道德教育时，要遵循"坚持知与行相统一"的原则，既要重视课堂教育，更要注重实践教育、体验教育、养成教育，注重自觉实践、自主参与，引导未成年人在学习道德知识的同时，自觉遵循道德规范。

2. 从"二期课改"的要求看，"二期课改"中对社会科学类学科提出了新的要求，即强调感悟实践，弘扬民族精神。在思考学校教育的上位理念时，我们形成了一个重要的观点：就思想道德教育的三个环节——"认知"、"体验"、"实践"而言，体验居于承上启下的地位，十分关键。因此，工作站鲜明地提出了"在体验中成长，在探究中发展"的理念。在德育层面落实这一理念，就要求学校尽可能地为学生提供真实的情境，以促进学生的道德体验和情感体验，提高他们的道德认知、道德判断和道德选择能力，丰富和提升学生的情感水平。

3. 从学校目前的德育现状看，首先，我们的德育目标偏重于认知，而对于情感、态度、习惯、过程、方法等方面的价值则缺少重视。这种注重"知性"的教育模式，使学生的学习停留在道德知识层面上，而所期望的优良"德性"并未在学生心灵中生成。其次，在德育内容的选择上趋向于"成人化"、"理想化"，而缺少贴近学生真实生活的"儿童化"、"日常化"内容。再次，在德育实施的过程中，我们的重心往往放在如何改善对学生德育"注入"的技巧上，而忽视了学生自主活动的开展及在活动中生发的体验和感悟。通过对这些现状的分析，我们认为，当前的学校德育工作要坚持以学生的生活为基础，以丰富的实践体验活动为载体，关注学生在活动中的体验和感悟，积极实施对学生的发展性评价，以此促进学生良好德性的养成。

（二）项目工作站的教师现状分析

本工作站由 8 位教师组成,成员的工作经历均在 8 年以上,在教育工作中都有不俗的表现。领衔组长洪岩老师富有教育激情和机智,工作中善于创新,并有反思精神。曾伟和何德伟老师分别为小学一、四年级的组长,钱文萍和游闽春老师分别为中学七、九年级的组长,他们都有三年以上的年级管理经验,在各自的年级或班级发展中一直进行着积极的探索,并形成了可贵的教育经验。李艳秋老师担任学校的心理辅导和家庭教育工作,非常重视学生的人格教育,其平易近人的教育风格很受学生的欢迎。陆燕琴老师热心于"新基础教育"理论的实践与研究,注重对教育行为的反思重建,在班级建设和学生成长领域积累了丰富的教育经验。吴芸老师担任团队干部一职,主要从事团队建设工作,负责对学生活动进行策划和指导。工作组成员不仅对学生的成长满怀热忱,在科研方面也颇有成绩,目前,一个课题已获市青年课题二等奖,另两个与学生成长有关的市级课题正在研究中。凭着以往在工作中积累的经验,凭着不断探索、勇于挑战的精神,凭着一切为学生发展热情服务的信念,工作站的老师们有信心在教育园地里开拓出一片新天地。

二、项目站工作的目标、思路和制度

（一）工作目标

1. 工作站每一位成员都具有发现教育资源、利用教育资源的能力,能适时拓宽教育时空,引领学生走进德育大课堂,并能最大限度地发挥教育资源的效用。

2. 能对学生情况进行切合实际的分析,并针对学生的成长需求,设计可行的教育活动,促进学生健康成长。

3．通过丰富多彩的活动，把握学生的成长规律，发挥学生在道德教育中的主体地位，引导他们在实践中开展体验活动，使他们的情感在实践中升华，心灵在体验中放飞。

（二）工作思路

1．分析学校近年来已经利用的教育资源，以既有的教育活动为标本，从资源的教育性、活动的效益和持续性等方面加以分析，提出变革或改进策略。

2．以学生的成长需求为出发点，设计出适合学生特点的教育活动，寻求符合各年级实际、各具特色的教育活动形式。

3．从学生的心理需求和德育的生命成长出发，以体验活动为载体，用智慧与行动引导、促进学生在道德学习中不断成长、发展并提升自己的德育素养，从而成为一个健康的人。

（三）制度建设

1．成立学生成长工作委员会。该委员会的主要任务是参与、指导年（班）级教育工作，对年级管理、学生教育活动进行评价和研究，促进师生健康、快乐地成长。

2．每两周召开一次工作站成员会议，对可以挖掘、利用的教育资源进行分析，对学生活动开展的针对性、有效性和活动的时机把握进行评价与论证，对已经开展过的教育活动进行总结、反思、重建。

3．推行"教育随笔"制度。要求教师把教育工作中的成功或困惑以随笔的形式记录下来，形成自己的教育感悟。这种感悟不仅仅是教育的反思，它更是一种对学生爱的表达，是教师教育智慧的集中反映，是师生精神生命的和谐共鸣。

4．重视年（班）级发展示范项目的建设。把年级、班级教育中的特色作为发展示范项目，精心研究并推广，形成教育品牌，推动年（班）级建设，促进学生发展。

三、实践的途径

现实生活中经常会有这样一些现象:老师不厌其烦地找学生谈心,罗列了很多道理,学生当面似乎听得很认真,实际效果却甚微;学生写的作文洋洋洒洒,人生道理讲得清清楚楚,言行却背道而驰;学校组织德育活动如观看主旋律影片等,希望学生能从中受到教育,学生却在剧场内谈笑风生。透过这些现象,我们不禁要思考一个问题:学校的德育活动如何才能真正走进学生的心灵?

《基础教育课程改革纲要(试行)》明确提出:教师应设定现实情境,汲取学生切身的生活体验,与学生展开直接的对话。这样,学生才会习得有活力的知识,学生的人格才会真正得到陶冶。由这段话,我们反思前面种种德育现象:老师找学生谈心,如果不断强调自己的思想、观点,远离学生的内心需求与切身体验,这种对话就是"伪"对话;如果人生道理仅仅被学生作为标准答案背写下来,而没有内化为学生个人的习惯与追求,就难免会出现言行不一;如果学校组织的德育活动一成不变,一味强调教育性,忽略学生的兴趣及对现实情境的感受,那么"走过场"就会成为必然。德育教育应与时俱进,否则就很难对学生的发展真正起到作用。德育创新有很多途径,本工作站推行的一种即是:利用教育资源,设定现实情境,汲取学生切身的生活体验,从而进行有效的德育活动。

(一)搜集、整理种种生活资源,让它们为"设定情境"服务

生活资源包括自然资源、社会资源。自然界的山水、草木,会滋养人的内心,丰富人的情感,提升人对自然的关注与

思考。社会资源包括社会生活中的人和事。学生虽然人在校园,但同社会生活有密切的关联,社会资源就在学生的生活中。因为要为学生设定现实情境,激发学生调动自己的生活体验,所以选择生活资源时,应考虑:(1)贴近学生。这些生活资源学生能耳闻目睹,近距离去观察、感受;(2)角度新颖。这里的"新"并不意味着标新立异,而是选择新颖的角度,让学生在真实的生活中发现美,感受生活的丰富多彩;(3)易于操作。学生都能进入所设定的情境,都能不同程度地激发、调动自己的生活体验,不会有畏难情绪。例如,可以在自然资源中选择"看一棵树",在社会资源中选择"对一个自己亲近的人作一次专访"。"树"与"亲近的人"即学生生活中的一部分,距离很近。这似乎缺乏新意,学生一般也会觉得平淡无奇,但只要善于观察,勤于引导,学生便会有新的发现,新的感受,这是对他们有益的体验。"易操作"在这里也显而易见。"树"与"亲近的人",学生都会毫不费力地去接近、去感受,没有心理障碍和太大的难度。

(二)精心设计活动程序,使"生活资源"演化为"设定的情境"

活动程序可以是逐层递进型。"树"到处都有,游闽春老师便在语文写作课中要求学生选择校园里的一棵树进行观察。怎样让这个生活资源变为教师设定的现实情境,从而汲取学生的切身体验,进行有效的德育渗透呢?这需要灵活设计活动程序。首先,自选角度,自由观察,将所得记录下来。在作业反馈中,大多数学生反映平淡,没有什么发现,而一部分学生却独具慧眼,善于观察。例如,他们在秋叶的飘落中感到时光易逝,在秋叶的金黄色中感到历经风雨后的成熟。第二步,进行师生交流。在比较中,善于观察的同学得到大家的好评。老师点拨、引导,明确观察时要用心用情,选择不同的角度,融入自己对树、对人生、对社会的联想、思考。第三步,再去观察树,强调选择恰当的角度。这一次,学生有了不少新的收获。比如:有学生从远、近、高、低的不同角度观察树,发现树呈现了不同姿态的美;有学生观察风中、雨中、阳光中、大雾中的树,发现树有不同的"表情",树真的有生命。第四步是拓展思考。在观察树的过程中,你得到什么收获呢? 有的学生说:生活中真的有很美的东西,它需要我们去发现;有的说:根深才能叶茂,我感到了绿叶对根的情谊;有的说:树就像人,不经历风雨怎能见彩虹? 逐层递进式的活动程序,符合学生的认识规律。由感性到理性,由个别到一般,学生逐渐丰富了自己的知识。这种程序适用于所选生活资源内涵有一定深度,需要多角度、多层面地去感受、习得的活动。

　　活动程序可以是并列展开式。"对亲近的人作一次专访"就是一个很好的实践。陆燕琴老师在"五一"劳动节来临前,给学生布置了一道特殊的作业,要求学生选择一个亲近的劳动者,自己确定话题展开聊天,并记录下来。在节后的课堂上,老师按采访对象的类别将学生分成若干小组进行交流。学生的积极性很高,参与意识很强。他们发现原来长辈们都有一段或辉煌或艰辛的奋斗史,而自己却是被爱包裹着,自己亲近的人给予自己的帮助那么多,亲情、友情、社会,都那么令人留恋,那么美好;同时,他们还就长辈的职业特点、自己的理想等进一步展开讨论和交流,加深了对社会职业的了解,也增进了对父辈的理解。

　　(三)直接设定现实情境,激发学生的切身体验

　　有时,生活资源与直接设定的现实情境之间没有界限。这种情况多见于利用生活资源组织德育活动时。利用生活资

源,意味着已经搜集、整理了的生活资源具有贴近学生、角度新颖、易于操作的特点。比如:围绕"神舟六号"成功发射这一主题,何德伟老师在年级中开展巨幅集体粉笔画比赛活动。在学生心里,对祖国的爱是深埋于其中的。我们需要有效地激发这种感情,强化这种感情。巨幅集体粉笔画意味着面向广泛的学生群体设置一个现实情境,汲取学生的切身体验;意味着集体参与,相互协作;意味着以学生喜闻乐见的形式,撞击学生的情感与心灵。在这里,生活资源被直接排列组合为所需要的现实情境,鲜明的教育主题,热烈的教育氛围,使置身于其中的学生爱国情感油然而生。

四、项目研究个案及成效

体验与道德成长之间有着天然的亲缘关系。体验内化了道德认知,升华了道德情感,明确了道德选择,其本身就是一种有价值的道德教育。将体验作为教育意识渗透于学校德育之中,旨在强调德育要深入到学校、家庭、社区、大社会生活和自然之境中,向生活世界、自然之境和体验者的心灵世界全面开放,引起人的生命感动,诱发和唤醒人的道德体验,获得智慧地融通复杂的社会生活、自然之境和自己心灵世界的德性。工作站开展项目研究的目的就是要让教师树立起资源意识,充分利用教育资源开展学生体验活动,使教育真正触及孩子的灵魂,唤醒和鼓舞他们的道德自觉,最终实现自我教育、自我管理,提高德育的实效性。以下选取四个教育个案来说明我们在该工作中的操作特点。

(一)在节日教育中触发学生的"兴奋点",丰富学生的情感体验

长期以来,我们总是感叹学生感受力下降,不能领略生活

的美，缺乏对亲情、人性的体验。其实这些抱怨在某种程度上都与我们的教育长期忽视情意目标有关。由于知德分离、智德分离，德育实效性低迷也就在所难免。为了使情意目标顺利实现，我们以节日为研究对象，找出学生的"兴奋点"，并引导学生在节日中体验快乐。实践证明，如果教师能对学生的生活感受多加关注，并使其中有价值的信息转化为教育资源，那么，不仅学生的感受能力能得到提高，而且能使学生所处的人际氛围更为融洽，心理更为健康。两年来，经过组员们的摸索和实践，工作站已在节日教育上形成了自己的特色。在节日来临前，教师会根据学生的年龄特点，预先设计好不同的教育方案，引导学生主动参与，使学生在活动中得到认知体验与情感体验。节日教育的真正目的是利用节日这个具有特殊意义的时刻，给予学生具有时效性的教育；但真正有效的教育，其影响却不仅仅只体现在节日这短暂的几天里。所以，开展节日教育的后续性活动，也是进一步挖掘节日教育资源的有效方法。如我们在结合"三八"节开展"母亲，我为您骄傲"主题活动的基础上，又继续开展"只要妈妈露笑脸"的后续活动，将尊敬母亲、关爱母亲的教育向节日外延伸。以下的教师节个案，就是我们在反思以往教育行为的基础上，对教育资源进行了分析和利用，让学生在校园生活中获得了美好的情感体验。

"教师节"在学生心目中是很重要的一个节日，每到节日来临，学生都会思考该给老师送一件怎样的礼物，同学间也经常为此开展暗暗的竞争。为了让这种风气不再蔓延，少先队大队部设计了一个活动，要求学生以班级的名义为老师准备一份礼物，学生不要再单独给教师买礼物了。但学生却似乎并不开心。笔者了解到学生的这种反应后，向他们作了一次调查。有一个女生说:从上幼儿园起,我就在每年的9月10日给班主任老师送上一束鲜花。以前总是妈妈提醒我这样做,并为我准备好礼物,而今年我计划用自己的零花钱独自去花市买很多鲜花,送给我喜爱的各位老师,因为我知道我的成长不仅有班主任的辛劳,也包含着其他老师的心血。现在突然不允许了,我很难过。

给教师送上贺卡或小礼物,这是学生心意的表达,但由于缺少真正的师生互动,教师也不太把学生的情意放在心上。于是,我们决定把学生个体自发的尊师行动组织起来,让他们自己去设计更有特色的尊师活动,把学生对教师的情感转化为一份独特的尊师体验。在活动设计前,我们提出两点禁忌:一是不能采用传统的贺卡形式来传达尊师之情,二是不能用鲜花来表达心意,要用自己的行动来让老师感动。在我们的提议下,同学们兴趣盎然,开始讨论和设计有意义的尊师方案,一个个富有特点的"尊师金点"让人感慨。以下选取的是部分学生的精彩建议:

1. 为老师举办一个小型 PARTY,让老师拥有一个快乐的午间休息时段。

2. 老师有两种姿势持续时间较长:站立上课和低头批阅练习。我们要帮老师捶背按摩,让老师"轻松一些,定能胜人一筹"(仿脑轻松广告)。

3. 为老师擦亮自行车、助动车。如果老师是步行上班的,就为他擦皮鞋,让老师在路上有个好心情。

4. 跟随班主任作一次家访,写好家访笔记。

5. 进行角色换位,当一天小老师,了解当老师的辛劳,同时也考验自己的胆量和说话的水平。

经过讨论,同学们认识到尊敬老师不仅表现在教师节的祝福和鲜花上，更在于对老师每一天的理解、支持和配合。于是，他们以中队的名义，设立一个"尊师快乐坊"，要求大家在日常生活中用自己的行动与老师沟通，为老师"减忧"。他们的工作口号是：天天教师节，日日好心情。

于是，在这以后的日子里，这些可爱的学生就用自己的行动给校园带来了惊喜，在他们的每日随笔里也有了他们对尊师行动的真切感悟。

丰富多彩的节日主题活动，丰富和充实了学生的生活。节日特有的情感，在学生特殊的感悟与实践中生成和积累，进而成为他们日常生活中的必然，节日的教育因此变得更加富有实效性。从学生的感言心得中，可以看出他们的情感是真挚纯洁的。一个小小的节日创意行动，却让学生得到一次次美好的情感体验，成为学生校园生活中难忘的"兴奋点"。这样的"兴奋点"在学生的生活中还有很多，如利用"三八"国际妇女节、重阳节对学生进行感恩教育，引导学生开展丰富多彩的情感体验等。在利用节日资源对学生进行教育的同时，我们还充分挖掘了家庭生活的资源，引领家庭节日生活的方式，对家庭教育也起到了良好的指导作用。

（二）在榜样教育中寻找学生的"新视点"，激发学生的道德需求

时代英模和明星都属风流人物，本该同获青睐，但在现实中却反差甚大，许多人对影视明星狂热崇拜，对各路英模却表现得冷漠淡然。这是主客观多方因素综合作用的结果。如部分视听媒体连篇累牍爆炒影视明星，而对英模宣传却热情不高，导致孩子的成长环境缺少英雄的召唤。我校所处的社区居住着大量境外人士，文化多元，居民物质生活丰裕，学生的眼界开阔，不少学生有境外生活的体验。"追星"在某种程度

上体现了孩子对奢华风光生活的向往。其实学生"追星"本无错,只是教育引导要跟上,加强榜样教育非常有必要。基于这样的认识,我们对榜样教育的资源给予了特别的重视。近年来,我们不断净化、优化学生的成长环境,倾力打造令学生心悦诚服可供效仿的榜样。为了让英模的人格魅力散发出道德情感的芳香,我们以"感动中国人物"评选为契机,在每年二月中旬,定期开展"用感动为春天开幕"大型主题教育活动,把时代人物引入学生的生活,让学生学习他们对国家和民族的大爱精神,学习他们艰苦奋斗的优良品质。宣传榜样人物的方式有很多,设立校园路牌就是一个成功的做法。下表所示是我校近年来着力宣传的人物、对应这些人物需要发扬光大的品质和精神以及设立的路牌名:

路牌名	宣传人物	关键词
爱国路	孙必干　黄伯云	爱国　报国
诚信路	钟南山　陈　健	真理　诚信
人道路	高耀洁　桂希恩　李春燕	关爱　温情
公益路	成　龙　徐本禹　丛　飞	友善　志愿者
自强路	王嘉鹏　顾苏苏　洪战辉	坚强　乐观
开拓路	中国女排　青藏铁路建设集体	团结　敬业　奉献
拼搏广场	"小飞人"刘翔　姚明	理想　青春　奋斗 健康
正义广场	王　选　任长霞	守法　公正　和谐
希望广场	梁从诫　袁隆平	责任　创新

这些路牌的命名体现了"小公民道德建设"的要求,所宣传的人物除了"十大感动中国人物"以外,还有值得赞颂的模

范少年,如我校六(4)班自强不息的好少年顾苏苏就是这样一位特别的学生。从2001年11月被查出患严重肾衰竭以来,她就一直在学校、家庭、医院三地奔走。她一边积极地接受治疗,一边又以坚韧不拔的意志不停地学习。她乐观向上、毫不畏难的精神让所有师生为之感动。5年多来,在一次次的危情险境中,她用自己的行动书写了一个少年"热爱生命,快乐成长"的故事。在"2004感动闵行"人物评选中,她是惟一的学生代表。

一块好的路牌就是一本德育教材,一个好的榜样就是一位人生导师。但囿于篇幅,路牌上的介绍只能是颁奖词,其实每一个优秀人物身上都有许多生动感人的故事。道德教育要贴近实际,更要体现学生的主体性,才能让学生接受。怎样才能让这些人物真正走进学生心灵,让他们的奋斗故事成为激励学生的力量之源呢? 于是我们决定成立学生宣讲团,并在全校范围招聘宣讲员,目的是让学生自己去搜集榜样人物的事迹材料,并通过训练把一个个感人的故事传达开去,这样的"同伴教育"肯定会让同为学生的接受者欣然接纳。

真正富有成效的道德教育要从激发和培养学生的道德需求开始。以时代人物引领学生向善求真,以"学生宣讲团"的方式让学生自主体验榜样人物的思想境界,这既使学校的德育资源得到开拓,又凸显了学生的德育主体地位。在"用感动为春天开幕"系列活动成功启动的激励下,学生开始从自己的长辈和身边的同学身上寻找"闪光点"。远处是闪光的时代楷模,近处有可学的行动表率,学生在与榜样的对话中学会了以欣赏的眼光看待他人。不少学生表示,要以模范人物为榜样,长大后为社会作出有益的贡献。

169

（三）在社会实践活动中发现学生成长的"研究点"，提高学生的综合素质

1993 年联合国教科文组织对 21 世纪人才规格的突出特征作了这样的表述：高境界的理想，信念与责任感，强烈的自主精神，坚强的意志和良好的环境适应能力，心理承受能力。培养学生坚强的意志和良好的组织纪律观念是学校教育的一项重要任务，但校园生活有时难以发挥它应有的效应。要让学生"绝知此事"，就要求学生在亲身探索体验中去感悟纪律的内涵，在社会生活的真实情境中理解意志品质的本义。在工作站的研究实践中，我们凭着强烈的"问题意识"，充分利用好"东方绿舟"这一社会资源，组织学生到那里去接受正规的军政训练。通过个体各异的体验活动，学生得到了校园生活中难以获得的教育。

来自不同国家和地区的孩子在军训基地组成了一个刚强的集体。他们都用心体验到了纪律和团结的价值，理解了坚韧和顽强的真义。在"东方绿舟"三天的活动中，学生表现出了高涨的学习热情，并获得了许多珍贵的体验。其中有学习革命先辈、振兴中华的爱国主义体验，也有第一次远离家人、在旷远的基地适应环境、培养吃苦精神的生活体验，还有同学之间团结、协作、信任、尊重、宽容等的道德体验等。通过丰富的活动，学生不仅深刻地领悟到了意志和毅力的内涵，精神面貌也发生了很大的变化。

看到孩子的感悟文章和生活中的点滴变化，家长也对本次活动大为赞赏。他们认识到，有组织的教育活动对孩子素质的提升具有重要作用。现在，定期组织学生到"东方绿舟"开展军训活动，到鲁汇基地体验乡村生活，到闵行素质教育基地学习个人技能，已成为学校工作的一个重要内容。

在社会实践过程中,不可避免地会产生这样那样的问题,我校教师已习惯于把这种问题当成实践中生成的资源,并以此作为学生成长的"研究点",让其发挥后续教育的作用。

(四)在爱心教育中培养学生人格发展的"生长点",树立学生的责任意识

培养学生的责任感是公民道德建设的一个重要支点,也是学生人格发展的"生长点"。在大力倡导加强公民道德建设的今天,我们积极引导学生亲历各式各样的体验活动,使学生在亲近自然、融入社会的体验中,学会选择行为,传布友善。我们知道,当某个突发事件发生时,尤其是该事件对人的生存带来挑战时,不需过多宣传,学生深藏于内心的责任意识便会得到激发。把这种教育资源转化为教育行为,可以让学生得到极其宝贵的人生体验。如在"非典"时期,在一位校友患病期间,在东南亚发生海啸后,学校里都掀起了一股股感动人心的爱的暖流。

但是,如果只是利用校园内外的突发事件来培养学生的爱心,似乎显得缺少章法。需要寻找更加稳定的教育资源,让学生在一种持续的体验中自然生成责任意识。2004年底,两位来自云南的挂职校长在我校一次升旗仪式上作了一次发言,在师生间引起了很大反响。在得知许多云南学生因为经济困难而不得不辍学后,许多学生的心里很不平静,学校里掀起了一股"心系云南,情牵公益"的热潮。在"心系云南,情牵公益"活动中,七(4)班野菊花中队的同学们表现最为突出。他们利用每个周一的中午,在校园里收集废纸、饮料瓶、易拉罐,拿去卖了换钱,捐献给云南的小朋友。虽然这种活对于那些生活一向优裕的学生而言,也许是一辈子不可能想到会去做的事,但他们做了。是为了远在他乡的同学,也是为了让自

己去体验劳动的艰辛,去感受生活的不易。这种体验活动不仅培养了学生的环保意识,而且使他们学会了理财,懂得了节约,理解了责任,对学生的成长有很大的促进作用。

五、启示与反思

(一)启示

1. 基本达到了预定目标,对小公民道德建设具有一定的借鉴意义。

在充分利用教育资源,让学生在体验教育中健康成长的实践过程中,由于采用了新的教育方法,引导学生主动参与实践,锻炼能力,不仅提高了教师发现资源、利用资源的能力,而且在陶冶情操、培养学生正确的价值观方面得到了一定的收获。贴近学生成长需要的体验主题和适应学生身心成长特点的体验活动,使学生在学习道德知识的同时自觉地遵循道德规范。学生在体验活动中学会了关注社会,关注他人。社会责任意识的提升驱动着学生正越来越以主人翁的精神投入到小公民道德建设的活动中。

2. 发挥好教师"促进者"的作用,为学生提供资源和环境条件,是体验教育产生效用的重要保障。

在对学生进行体验教育的过程中,教师要担当好"促进者"的角色。首先,教师要为学生提供各种各样的学习资源,包括自然资源、社会资源和人力资源等。教师要为学生的实践体验活动提供支持和指导,并将学生在实践活动中获得的各种知识作为后续教育的重要资源,让教育活动得以持续发展。另外,教师作为"促进者",还应提供一种促进学生学习的良好氛围,让学生在充满真实、相互关心和理解的氛围中感受成长,为学生营造出和谐向上的心理环境,使学生能最大程度地发挥自身潜能。教师充分发挥"促进者"的作用,为学生提供适宜的资源和优良的学习环境,这是体验教育产生效用的重要保障。

3. 突出学生的主体地位,激发学生的参与热情,是体验教育取得成效的必要前提。

学生的体验学习,是主体的参与、情感的接受、认识的拓展。在体验教育中,教师不能自作主张地代替学生选择体验内容,而应根据他们的"最近发展区"和学生感兴趣的社会角色来确定体验的内容。尊重学生的主观意愿,以确保学生的主动参与、积极体验,这是体验教育取得成效的必要前提。

4. 重视学生的习得和感悟,加强生活世界和书本世界的沟通,是体验教育取得成效的关键因素。

习得和感悟是指学生在体验过程中的内心反省、内在反应或内在感受,是学生的认知、情感和意志综合作用的结果。在一系列教育实践活动中,正是因为注重了学生认知、体验、感悟的统一,加强了学生生活世界和书本世界的沟通,才使学生获得了更为充实、更为完美的精神生活,获得了更高层次的道德体验。这是体验教育充满生命活力的关键因素。

(二) 反思

1. 体验活动与合作学习是分不开的。在实践中,要着力培养学生的合作精神和合作技能技巧,使学生在体验学习中建立起积极的、相互依赖的关系。

2. 由于种种原因,个别学生不能全情投入。尊重差异,善待差异,因人而异,激发每一个学生参与体验的积极性,让每一个学生都动起来,这是一个值得研究的问题,有待于项目工作站探索解决。

3. 体验性学习是一个资料积累的过程,但在有些活动

173

中，因为"后续工作"做得不够，与预设的教育目标还有差距。以后要重视学生参加每一次体验活动的点滴感悟，帮助他们将实践、体验后的感想心得汇集成成长历程中的精神财富。

4．在策划学生的体验活动时，还可以充分挖掘家长资源，让家长参与学校的教育实践过程，实现家校互动，形成教育合力。

附录一

让实践中生成的资源成为
学生成长的研究点

　　外出实践,雏鹰放飞,脱离了父母的直接管束,很多孩子在实践过程中,不可避免地会产生这样那样的问题。这些问题可能是学生原有不良习惯的无意识暴露,也可能是家庭教育薄弱点的显现,还可能是教师教育内容缺失的间接反馈。这时,教师要有敏锐地把握并整合这些资源的意识,将实践中生成的资源转化为新的教育资源,让社会实践中生成的资源成为学生成长的新的研究点。

一、如何发现资源

（一）细心观察,发现资源

　　实践中的观察点有许多,如:孩子为实践准备的行装,孩子踏出校门那一刻的神情,车内的言谈笑语,实践中的个人表现,宿舍内务的整理,与其他同学的团队协作意识等等。也许从学生不经意的言行中,你就能发现新的资源。以我班一个学生为例,每次实践,他都拖着一个硕大的拉杆箱,箱里除了装生活必需品外,还装着药棉、红药水、创可贴、碘酒、百服宁、吗丁啉、牛黄解毒片、黄连素等常用药品,他甚至还在箱内多放了几条崭新的毛巾,几包面巾纸。这可是为那些"马大哈"

175

的同学专门准备的。平日里,他是一个各方面都不够突出的学生,很少得到老师的赞扬,可是在实践中,他却是一个处处能替他人着想的人。与此形成鲜明对照的是,一些平时各方面表现都挺优秀的学生,活动时却连自己的生活必需品都没有带齐。于是,一个学生教育的资源被发现了。

(二)倾听反馈,横向比较

接待我们开展社会实践的基地往往承担着不同学校的实践任务。在接待不同的团队时,他们必然会无意识地进行横向的比较:哪个团队组织纪律性强,哪个团队最谦恭有礼,其他学校是怎么组织社会实践的……虚心地向基地领导请教,听一听他们对我们学生的评价,从他们的言谈中可以收集到不少有价值的信息。以鲁汇学农实践为例,基地的领导就反馈了一个重要的信息:他们基地接待的学生中也有不少外籍学生,都是入乡随俗,没有一个像我们学校的外籍学生这样挑食甚至"罢餐"的。回校之后,抓住这个资源,我们专门进行了研究,在外籍学生用餐方面采取了一些行之有效的措施。

(三)密切关注心理特殊期可能发生的特殊问题

初中学生的生理发育十分迅速,在 2 至 3 年内就能完成身体各方面的生长发育并达到成熟水平,但其心理发展的速度则相对缓慢。因此,初中生的身心常常处在一种非平衡状态,容易引起种种心理发展上的矛盾,即人们常说的"心理断乳期"。以异性交往为例,在参加社会实践的过程中,男女生的交往相对比在家或在校时方便,对他们而言,因为平常缺少这样密切的交往,尺度较难把握,也就更容易滋生问题。以鲁汇实践为例,有一名男生凌晨一点还在女生宿舍里逗留。这就是实践中可挖掘可利用的资源。

二、如何利用资源

（一）将实践中生成的资源细化、整合、分类

教育者可以将社会实践中生成的资源进行分类、细化、整合后再利用。比如，可以将实践中生成的资源分为学生青春期教育资源、学生品德教育资源、家长学校教育资源、教育者反思资源等。以八年级时我校学生南汇实践"挑战我自己"为例，在社会实践中发现了这样一些现象：

1. 实践地住宿用餐条件较差，有相当部分学生反应非常强烈。

2. 晚上 10 点以后还有男女学生互相串门，有部分学生在走廊上大摆"龙门阵"。

3. 实践地要求自带被套、床单，但不少学生不会套被套，不会铺床，还有部分学生竟然将床单直接裹在身上入睡。

4. 不少学生带了手机，彻夜不眠地狂发短信。

5. 相当一部分学生不仅带了许多零食，而且还在附近小店随意消费，有一个学生在短短两天内仅购买零食就用去了200 元。

等等。

在将上述资源进行整合后，我们对女生进行了"自尊、自爱"的性心理教育，在年级内组织学生进行了"如何应对恶劣环境"的讨论，召开了年级家长会，请家长配合学校重视孩子的性心理发育、生活自理能力教育、日常消费教育。

（二）采用不同的方式进行资源反馈

师生可以共同撰写实践体验反思文章，通过各种方式进行交流。还可以以实践为主题，自己动手做一份小报，或在成长档案中添加上实践精彩的一页。也可以安排一次主题班会，浓缩社会实践的精华，暴露社会实践中的问题，引发师生

对实践的再思考。

　　年级组还可以设计一份关于实践的问卷,在问卷中关注学生的心理常态和实践中的表现,了解学生对实践的认识,指导学生重新认识社会实践。如八年级南汇实践"挑战我自己"结束后,就上述问题,我们设计了一份问卷——"'挑战我自己'你成功了吗?"针对学生问卷反馈的情况,年级组再次进行了分析和研讨,并在家长会上向家长及时进行了通报。

　　每个初中学生都有一颗渴望飞翔的心,这个年龄的孩子,他们渴望独立自主,却又缺乏独立自主的能力;他们渴望宽松的生活环境,可一旦面对真正宽松的环境又会无所适从;他们渴望与异性交往,却又很难把握交往的尺度;他们渴望被成人认可,被家长、老师尊重,却又常常用逆反的言行来表露自己的这一想法,结果适得其反……因此,我们教育者可以借助社会实践搭建起学生成长的桥梁,帮助他们一起走过这个布满了鲜花的沼泽地带。"年年岁岁花相似,岁岁年年人不同。"在孩子们的成长过程中,教育者如何帮助他们留下成功的印记? 精心设计每一次实践活动,放飞孩子渴望飞翔的心灵,关注实践中生成的资源并加以整合利用,让每一个学生在每一次实践活动中和活动后都能闪现"快乐"的成就光芒,你就能成为一名睿智的教育者。

（游闽春）

在活动中收获,在体验中成长

2005年初,两位来自云南的挂职校长在我校一次升旗仪式上的发言,在师生中间引起了很大的反响。他们向我们介绍了云南学生的学习现状。在得知许多云南学生因为经济困难而不得不辍学时,大家的心情异常沉重。从那时起,同学们就萌生了想要帮助云南贫困学生的念头。

后来,我们有幸得到了一个能资助云南学生肖明华的机会——每个学期为他支付210元的学费。当时,有着鼓鼓囊囊的压岁包的学生都争着要掏出这笔钱来。但我们想,我们能做的,难道仅仅是这经济上的资助吗?

虽然没见过肖明华,但大家已把他当作了自己的同学,自己的朋友。虽然在物质条件、生活条件方面,肖明华同学与我们一时还无法相等,但大伙儿觉得,我们的精神应该同样的富有。我们决定,要用我们自己的双手来为肖明华铺设一条求知之路。于是,每个周一的中午,我们就在校园里收集废纸、饮料瓶、易拉罐,拿去卖了换钱。虽然这种活对于那些生活一向优裕的学生而言,也许是一辈子不可能想到会去做的事,但大家做了,是为了肖明华同学,也是为了我们自己——我们要让自己去体验劳动的艰辛,去感受生活的不易,去品味收获的欢欣,同时也是为让肖明华同学同我们一起收获这个朴素的

179

真理——美好的生活不会从天而降,成功之路最终要通过我们自己的努力来创造。

第一个中午,我们收获了 21 元。我们也终于知道,区区 21 元,原来要付出这么多的劳动! 之后的日子里,同学们吃零食的现象明显减少,大家舍不得花钱了,因为大家心里都清楚这笔账了:我可以花 5 元钱买一支冷饮,但我们要捡满 50 个瓶子才能换到这 5 元钱!

校园里的废纸越来越少,我们就将活动范围扩大到了校外。我们走进了家庭,走向了社区。外面的世界更大了,也更复杂了,几乎每一个参加活动的学生都不同程度地受到了冷遇与误解,甚至遭到一些人的羞辱。有的学生曾经想要退缩,想要放弃,但想起我们曾经立下的誓言,大家就都坚持下来了,因为我们说过,肖明华的困难存在多久,我们就会帮助他多久,这是我们不变的承诺。

同时,大家也无时无刻不被许许多多的爱与关怀所感动:校园里,几乎所有的老师和同学都投身到了我们的活动中。他们不再丢弃废纸,而是一张一张积攒、整理好,等着我们周一去收取;有时还没等我们去收,他们就把大袋大袋的废纸、空瓶送上来了……家里,所有的成员都养成了同我们一起收集废纸空瓶的习惯,他们有时出去游玩,回来时手里竟拎回了一袋子捡来的空瓶;连亲戚朋友来作客时也会拎着一袋空瓶子……社区里,门卫叔叔会帮我们宣传、收集;热心的居委会阿姨主动写了布告,发动小区居民一起来支持我们的活动;更有许多素不相识的人为我们的公益爱心所感动,也自发地加入了慈善公益活动的行列。学校所在社区在知道了我们的慈善公益爱心活动之后,特意跟我们一起搞了一次联谊会,与我们结成了爱心对子,区电视台还将我们的活动拍成了电视。

作为班主任,我感受最深的,就是发现学生通过这个活动,不再像个懵懂的小孩整日无所事事、嬉戏打闹了,紧张的学习生活与繁忙的实践活动反倒让他们感觉更充实。活动中,他们不仅懂得了环保,懂得了节约,更主要的是,他们开始有了一颗爱心,他们开始懂得了什么叫责任。用他们自己的话说:

"当我们走进生活,我们便学着用眼睛观察生活,用心灵感受生活。偶然发现,我们正在了解这世界,每天成为新的起点。我们向终点前进,就算逆着风我们也会学着起飞!"

每一次的活动都是一种历练,每一次的体验都是一种财富。我们在活动中收获,在体验中成长。

181

(钱文萍)

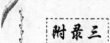

走近我所崇拜的劳动者
——五年级庆"五一"主题作业

各位同学:

　　"五·一"国际劳动节有着特殊的节日意义。在这个全世界劳动者的节日来临之际,老师希望你们能去认识更多的劳动者,了解更多的职业状况。你可以走近一位你所熟悉或者崇拜的劳动者,进行一次人物专访,也可以写写你的采访感言。反馈形式可以多种多样(文字、绘画、照片不限,也可以另外用纸,或采用电子小报形式)。最后,要请你所崇拜的这位劳动者写下寄予你这位未来的劳动者的希望。

我要走近的劳动者:＿＿＿＿＿＿＿＿＿＿＿＿＿＿＿＿

采访记录:

我的感受:

被采访者寄予我的希望:

新基础教育实验学校五年级组

2005 年 4 月 29 日

活动后记

　　"五一"国际劳动节是全世界劳动者的节日，为了让更多的学生能去认识更多的劳动者，了解更多的职业状况，五年级组特向每位学生布置了一份特殊的作业：要求每个学生走近自己所熟悉或崇拜的一位劳动者，进行一次人物专访，并要求以书面形式反映采访的过程。

　　学生在"五一"长假中，有意识地去采访了一些他们熟悉的或崇拜的劳动者。有采访全国劳动模范的，有采访公司好青年的，也有采访自己母亲的等等。通过采访，学生明白了劳动是艰辛的，也是光荣的，因为惟有劳动才能为我们的社会创造物质与精神财富。劳动者们也给孩子们留下了他们的良言警句，使他们明白了要成为未来社会的劳动者，必须从小学好各项本领的道理。

　　本次活动简单易行，给学生留下了深刻的印象。

（陆燕琴）

183

项目七 初中"普通"班级学生的管理与教育

优化共享教育资源,发展学生健全人格

21 世纪,中小学义务教育进入了一个全新的发展时期,更加关注学生个体生命的发展,更加重视学生可持续全面发展。"新基础教育"理论认为,教育是直面生命、创造人类精神生命的伟大事业,这就要求改变师生的生存方式,以唤醒师生主动发展的生命意识;改变基础教育中普遍存在的以学生为被动受体来组织教育教学活动的状况,"把课堂还给学生","把班级还给学生","把创造还给师生"。我们感到,"新基础教育"理论的最为闪光之处,是重新把教育对象的个体生命尊严和健全的人格发展作为教育的出发点,把教育工作的对象——学生的主动发展作为关注的焦点。有鉴于此,我们几个志同道合的班主任由经验丰富的老教师牵头,自发组建了我校"初中'普通'班级学生的管理与教育"项目工作站,旨在通过合作,取长补短、优化、分享已有的教育资源,群策群力,改变我校初中班级管理与教育的不平衡状况,让每一个学生在充满人性氛围的教育环境下快乐成长。

185

一、项目工作站成立背景分析

众所周知,初中教育历来是教育改革的难点之一。原因很多,但其中不可忽视的一点是长期以来我们的教育抓了两头,却忽略了中间。从事教育工作的人都明白,初中学生既没有小学生那么听话,也没有高中生那么懂事,他们处于"半大人"的状态。而我们的教育往往缺乏对初中生尤其是普通学校初中生特点的有效研究,没有根据他们的年龄特点进行有针对性的管理和教育。经过一段时间的调查,我们发现目前还存在以下几个方面的问题。

首先,从教育的机制看,目前初中教育的现状并不乐观。学生经过小学阶段的学习,已经产生了一定的分化。这本来无可厚非。但"屋漏偏逢连夜雨",像我们这类公办普通九年制学校原本在生源上有一些优势,可为了提高初中教育质量,区内近几年办了不少民办初中,我们曾倾力培养的一些优秀生由于种种原因悄悄地择校而去了,留下的学生大都成绩平平,原先的优势已荡然无存。

初中阶段是义务教育的后半阶段,学生要学的课程门类增多,难度又明显加大,而在实际教学中,对学生又不能按其程度,用不同的标准去要求,予以"区别对待",这就给教学带来了较大的难度,客观上助长了学生的两极分化。

在目前情况下,初中学生是必须参加中考的。由于中考直接影响着学生的分流,因而初中教师从一开始就不敢在教学上掉以轻心。中考升学率的压力还来自于社会、学生家长等方方面面,这种压力经层层传递,被转嫁到年级组、班主任和任课教师身上,教师出于自身利益的考虑,只能强化考试,片面追求升学率,最终受害者依然是学生。

其次,从家庭的教育看,上世纪80年代后期,我国家庭普遍进入了独生子女教育阶段,家庭教育越来越成为社会和教育部门关注的话题,学校教育也面临着新的挑战。教育家认为,一个明智的家庭和一个不明智的家庭的区别,主要在于家庭中盛行的生活和交往习惯是不是根据它们对儿童发展的关系的思想进行选择。而目前我校学生家庭教育主要存在的问题是:大部分家长教育观念陈旧,对孩子期望值过高,孩子压力过重,导致产生心理障碍;忽视非智力因素,劳动教育观念差;父母双方教育方式不一致,或过分宠爱,或施加高压;父母双方由于工作忙碌,无暇顾及孩子,使之放任自流;父母离异,孩子得不到温暖,精神受压抑,时常为孤独和恐惧所困惑等。很明显,这些家长只是把孩子视为自己的私有财产和附属物,扼杀了孩子的个性差异,严重影响了孩子的健康发展。实践告诉我们,必须将学校教育向家庭延伸,家校互动,形成合力,才能解决学生教育中存在的种种矛盾。

第三,从教育的对象看,初中学生普遍面临着生理变化和心理成熟问题。他们的自我意识基本形成,但在很多现实问题的价值观的判断上并不具备成熟的能力,在行为方式上又不能做到完全自律;想独立却又独立不起来,想自己判断却又经常误断。这段时间,学生最难把握自己,也是教育中的"多事之秋"。此外,初中学生正处在青春发育期,这一时期随着生理变化第二性征的出现,也会在学生的心理、思想、行为方式,尤其是男女学生的关系等方面发生一些微妙的变化,给教育带来许多新问题。

毋庸讳言,由于种种原因,我校仍然有相当一部分初中学生自我控制能力较差,平时喜欢按自己的想法和喜好行事。他们学习书本内容的持久性相对而言是较差的,对自己感兴趣的事物态度则完全相反。他们在课堂上常常出现分心和走神现象,集体活动经常不参加,或在活动中只按自己的意愿行事。失误——检讨——失误的多次反复成了他们"自救"的良方。即使下了决心改正,然而一旦放松了要求,又会重蹈覆辙。欲自尊而得不到自尊,有理想却无法实现,想上进但不能自制,种种矛盾导致这些"普通"学生自卑、厌学、混日子。客观地说,他们的成长轨迹中有不可忽视的个人因素。

针对上述三个方面的问题,我们进行了认真的讨论。在校领导支持下,我们决定建立"初中'普通'班级学生的管理与教育"项目工作站,在初中学生教育问题上进行潜心的研究和勇敢的探索,争取开辟出一条新路。

项目工作站成员共六人,其中女教师 4 人,男教师 2 人,除一人外,教龄均在 10 年以上;站内年龄结构合理,"老中青"三结合。教育资源呈多元化合理分布,有经验丰富的老班主任,有被称为"多面手"的中青年班主任,有虚心好学、敢于创新且发展潜力大的年轻教师。大多数人都曾担任班主任工作多年,工作责任心强,经验丰富,有教育创新思维;擅长班级管理与学生教育,有较强的与学生和家长沟通的能力,了解中学生心理,真心爱护学生。

经过多年的摸爬滚打,我们汲取了前辈和同行在学生管理与教育方面的教训,也积累了比较丰富的经验——在外地,我们有过与农村学生打交道的经历,有和考入省重点中学的优秀学生共处的日子;在上海市中心区,我们有和城市工薪阶层子女朝夕相处的回忆,也有和民工孩子交往的心得;在本校,我们还和来自不同国家和地区、有着不同文化和家庭背景的学生共同度过了许多美好的时光。但是,凭心而论,我们在日常的学生管理与教育中,很多时候还是停留在感性的层面上,缺乏对学生管理与教育的理性思考和深入研究,更没有时间或机会去总结别人的间接经验并为我所用。工作站的建立满足了站内教师寻求自身发展的需求。大家经常在一起总结班级管理和学生教育过程中的经验,检讨班级工作中的失误,以求资源共享,实现共同发展。

二、工作站教育管理的目标

班级管理和学生教育的目标不可能一蹴而就,教师必须有耐心,更需要有毅力。尤其是对"后进生",要允许其"反复",一个阶段重点解决一个问题,须经历一段时间后,面貌才能有所改观。项目工作站以现有班级和学生为对象,针对各班级现状进行排查分析和整理,提出分阶段整改策略与方法。对各班级特殊学生开展集体和个别教育,制定适合特殊学生成长的系列活动内容。以案例分析和分项报告形式为相关班级提供借鉴,指导年轻班主任开展符合本班学生的教育活动,促进共同成长。工作站的具体目标是:

（一）搭建提升教育管理能力的平台

由于学校发展迅速,近几年教师调动频繁,很多年轻的教师陆续进入我校,并承担了班主任工作。他们虽然工作热情高,责任心也很强,但是在班级管理尤其是对"特殊"学生的管理与教育方面缺乏经验,且缺少和家长沟通的能力,在工作中遇到了不少困难。工作站的建立为年轻班主任提供了一个互相交流、讨论的平台,大家在一起谈困惑,想办法,互相交流,从实践中获得经验,以增强管理的信心和能力。

（二）促进班级之间的平衡发展

班级之间存在一定的差异是不可避免的,但差距的拉大容易产生一些不稳定的因素,既影响了教师和学生的工作、学习情绪,也会给社会和家庭造成某些负面影响,不利于学校全

189

面平稳地发展。工作站以平衡班级之间的发展为重要目标，充分发挥各班主任的特长，利用群体的力量，合力解决班级中存在的各种棘手问题，逐步建立具有一定特色的班级管理模式。

（三）强化对"特殊"学生的管理

对"特殊"学生的管理一直是班主任费神费力却难以解决的"老大难"问题。由于诸多原因，这些学生经常游离于班主任的视线之外，成了班级管理的盲点。工作站的建立，为教师设立了交流的平台，引导并促使班主任抽出时间，集中精力去研究这些问题，并采取各种措施，疏通教育渠道，使受教育者健康发展，人格更趋完善。

（四）培养学生对班级的责任感

通过各种教育活动，使每一个学生都有为班级集体服务的意愿和热情，主动与老师交流、沟通，并积极向班级集体提意见或建议，学会把握和调控自己的情绪和言行，积极主动地、创造性地学习，为班级的发展勇于担重任，争上游。

（五）追求和完善自我社会价值

培养学生独立的人格，发展他们的个性。要求学生有正确的判断能力和选择能力，不因为别人对自己评价的好坏而或喜或悲，学会用他人的眼光、心态以及所处地位来看待事物。逐步建立一种有利于促进所有学生更好地学习、生活的价值体系。

三、项目实施方法与体验

项目工作站对学校大部分教师来说是一个新鲜事物。我们的初衷是为教师搭建一个合作、互动的平台，以促进师生的共同发展。在这个平台上，没有等级之分，没有硬性任务的摊派,更没有挤牙膏式的苦恼;在这个平台上,我们互通有无,取长补短,携手并行;在这个平台上,我们于教训中醒悟,从困惑中走出,在成功中享受欢乐。项目工作站让我们品尝了教育成功后的甘甜,也让我们在寻寻觅觅中找到了一条班级管理的可行之路。

(一)调查分析,探寻教育良策

建站初期,工作站根据绝大部分班级都组合不久,教师对学生并不十分了解的实际情况,多次组织全体班主任集中商讨,初步制定了第一阶段计划:(1)各班主任着手对本班学生及其家庭作一个比较全面的调查;(2)各班主任分别找"三类人"(原班委、"差生"、课代表)谈心,以了解本班实际状况;(3)用一个月左右时间完成家访并作好家访记录;(4)依据各班调查情况和记录进行细致分析,并制定适合班级发展的个性化的管理细则。

以下是站内各班主任经过充分调研,详细分析了本班学生现状后所作的综合分析记录:

六年级(3)班:学生在小学阶段属于中等偏下,大多综合素质不佳;缺少自信,班级没有形成积极、竞争、向上的氛围。男生管理是班级工作的难点,有8名男生不能得到父母的正常关爱与照顾,另有两名学生的家长教育方式简单粗暴。班上还有外籍学生9人,表现较松懈、散漫。

七年级(3)班:学生普遍比较胆小,学习意识淡薄,学习习惯差,班干部引领作用薄弱。班里有两个非常特殊的学生,是自暴自弃型和厌学旷课型的。最大的困惑是班上无人才可挑,凡事都要班主任亲自操持,不胜其累。

八年级(3)班:班级的人文条件落差较大。家长文化程度专科以上占28%,高中占54%,初中占18%;其中低收入家庭占 10%。大部分学生因在七年级学习时处于中间和落后状态，学习积极性不高，课堂纪律上经常出现问题。由于缺乏自信和发展的动力，大部分学生集体意识薄弱，对班级的事漠不关心。

从上述调查记录中不难看出，这些学生在小学阶段学习生活习惯普遍不理想，进入中学后，虽有自我表现欲望，希望得到师长和同伴的认同，但由于各科老师对这些成绩较差、习惯不好的学生关注度不够，班主任对这些学生的教育又往往停留在就事论事的层次上，缺乏对学生"成人"方面的教育，因而阻碍了学生自主学习的步伐。

这些学生在学习和其它方面经历了一次又一次的挫折之后，心境发生了细微的变化。由于自尊心较强，生活中经常会有推卸责任或通过贬低别人来抬高自己的现象发生。学生之间的矛盾冲突较多，而解决问题的方式欠妥，又不想让老师知道，于是一部分学生甚至发生了肢体冲突。

在学校生活中受挫使部分学生的兴趣向外界转移，但由于缺少社会经验，容易受到外界的不良影响；他们对老师的权威也产生了一定的怀疑，因而不轻易流露自己的想法；对父母的唠叨，他们的情绪显得更为抵触，加之生理上的变化，对异性变得敏感和好奇。这些现象的存在，使这部分学生缺乏学习紧迫感，甚至产生厌学情绪，逐渐偏离了正常的学习生活轨迹。

项目工作站掌握了各班学生的第一手资料后，再综合各班情况进行分析，有针对性地制定了适合学生成长的管理细则，即《班级公约》。细则制定后，工作站的老师又到各班组织学生一起讨论，听取学生意见，经过反复斟酌、修改后才付诸实施。为让学生真正理解和自觉接受公约的规定，我们要求学生在公约上庄重地签上自己的姓名,以表示自己遵守制度的决心。

以下为工作站制定的《班级公约》:

● 品质与纪律

1. 热爱祖国,热爱学校;提升自尊心、自信心和自豪感。

2. 关心班级集体的发展,积极参加各项集体活动。

3. 在公共场所参与各项活动,要守纪,不争先,不挤插。

4. 课间休息不奔跑,不打闹;进食堂就餐不喧闹。

5. 养成节俭的生活习惯,做到吃饭不留剩饭菜,教室人走灯熄。

● 学习与态度

1. 尊重教师的劳动,珍惜他人的劳动成果。

2. 面对学习过程中遇到的障碍与坎坷,不灰心,不放弃。

3. 上课预备铃响要安静,坐姿端正,并准备好学习用品。

4. 课上不讲废话,不做与上课内容无关的事,尽力做好课堂笔记。

5. 每天按时、独立完成老师布置的各科作业;做错的作业及时订正。

● 礼仪与文明

1. 孝敬父母,懂得体谅父母,不任性,不伤父母的心。

2. 待人接物的言行举止要文明,对待师长要谦虚和恭敬。

3. 关爱、信任同学,善待同学;与同学相处要平等与尊重。

4. 学会控制自己的情感,与异性交往时,能区分友情与爱情的差异。

5. 能够宽容别人的缺点与失误;能够包容别人的想法和行为方式。

193

● 环境与卫生

1. 学会保护环境、珍惜资源,从自己做起,从身边的小事做起。

2. 讲究个人卫生和公共卫生,不随地吐痰和丢弃废物,保持厕所干净、整洁。

3. 集体活动结束以后,离开绿地或其它公共场所时,要互相提醒,自觉"清场"。

4. 爱护校园绿化,不随意在绿地中嬉戏,不在课桌椅上涂画。

5. 班级环境卫生要时时清、人人清,不留卫生死角,墙上不留污迹。

194

(二)打破常规,创新管理与教育

21 世纪应该是关注生命发展质量的时代,是闪烁生命光辉的人性时代。遗憾的是,在我们日常的班级管理中,依然存在着许多非人性化管理的行为。站内老师在交流中谈到,以前自己在班级管理方面不同程度地存在一些错误认识和错误做法。虽说"没有规矩,不成方圆",但规矩不是一成不变的,新时期的班级管理对象发生了变化,我们面对的是自尊心特别强的独生子女,这就不仅要求班主任在制定班级管理制度上要有民主意识,而且要细化规则。工作站成立以来,将各班的成功经验进行整理、归纳,并在站内逐步推广实施。

1. 座位安排原则。做老师的总习惯于用所谓的经验去管理变化发展了的学生,如在学生座位安排上实施好坏搭配,男女搭配,动静搭配等,看似可以互相制约,实际上是对学生不信任。上学期我们在一个班级进行"矮个靠前,大个靠后,自由结合,男女不论"的座位安排原则的试点。一个学期下来,任课老师普遍反映这个班级的学生上课纪律明显比以前好多了。是老师的理解和宽容改变了学生,还是学生怕失去难得的"自由"? 我们还没有找到真正的答案。经工作站研究,本学期准备逐步推广这一行之有效的方法。

2. 班级环境卫生岗。我们把"志愿者"的服务理念移植到了班级,在班中成立志愿者队伍,收到了较好的效果。工作站总结了个别班级以往的经验,制订了统一的表格,事先把班中所有的门窗、黑板、墙面、地面、饮水机、电脑台等编号排序,由学生自己选择并负责保持它们的清洁。我们的宣传口号是:"教室环境,人人有责。"一个学期实施下来,整体效果颇佳。现在,各班教室墙面偶尔有斑痕,负责墙面的学生会主动擦洗干净;地面稍有纸屑,也会有人主动捡起来。每天放学后,不再需要值日生扫地、拖地板,大家逐渐养成了自觉保护教室环境的好习惯。

3. "今天我值日"制度。让学生每天按学号轮流进行值日,管理班级的日常工作,这对每一个学生都是一种挑战,也是一个锻炼的机会。当然,每个学生的工作能力不同,成效也不同。对于那些能力差的学生,老师就让班长协助他们;对于工作中出现的问题,老师就耐心地帮助他们解决;对于工作做得好的学生,老师就及时给予鼓励和表扬。一学期下来,班级中所有的学生都得到了锻炼。学生在这个过程中感受到了管理的甘苦,增强了维护集体利益的责任意识。

4. 班级个人成长记录本。专门用于记载学生本人成长中的好事,由专人负责记载或本人自行记录。学生做了一件好事,遵纪方面有了进步,成绩有了提高,劳动表现积极等,哪怕是非常微小的进步,教师都会对他加以肯定,及时表扬,并向家长通报。同时与家长沟通,发掘学生的优点,哪怕是在家里少看了一会电视,少打了一次电子游戏机,或按时做完了一份练习卷等,都给予肯定和鼓励,给他们创造成功的机会,让他们在成功中激发学习的兴趣。

5. 班主任轮流值班制。我们在调查中发现学生普遍存在作业拖拉现象,相当部分的学生不能及时完成各科老师布置的家庭作业,任课老师普遍感到头疼,又苦无良策。工作站的老师便认真商讨对策。大家觉得,学生不做作业,主要是一个习惯养成问题,靠告状或罚抄都不能解决问题。经讨论决定,每天放学后将前一天未做作业的学生集中到一个教室,由班主任轮流值日监督,学生做完当天作业后才能离开。此办法也得到了家长的积极支持。

(三) 开展各类活动,增强集体荣誉

我们通过调查发现,学生心理压力普遍较大,普通班的学生尤其如此。社会竞争氛围的影响,父母、老师对升学的期望,学习成绩欠佳以及同学之间的攀比等,都对学生健康成长产生了很大的压力。如何缓解和释放学生的心理压力呢?工作站的老师重温了教育心理学,找到了打开学生心扉的钥匙。美国著名教育家杜威认为:"成人有意识地控制未成熟者所受教育的惟一方法是控制他们的环境。"在班级集体中,需要创设积极向上的良好情境,以一种活泼健康、文明向上的精神力量来凝聚学生,使之在愉悦中忘却烦恼。

例如,工作站针对八年级学生"行规散漫,习惯较差"的共同特点,统一了教育的重点,以"加强学生的责任感,端正孩子的做事态度"为切入点,通过改善外显的行为习惯,改变学生外在的精神面貌。上学期,学校以"纪念抗战胜利60周年"以及"长征70周年"为抓手,对学生进行民族精神教育,举办了一系列相关的活动。活动初期,八年级每个班都有一些学生表现得非常冷漠,因为他们已很长时间没有成功的体会了,对此类活动已丧失了信心和兴趣。我们敏锐地意识到,成功地组织好一次活动是激发孩子学习及生活的热情、满足学生成功需求、促进学生精神生命主动成长的最好契机。为此,我们一方面抓好行规教育,激发学生为班级争光,另一方面,班主任身体力行,放下案头工作,和学生一起参加活动。这次活动取得了较好的效果。

此外,在诗歌诵读活动中,八年级组获得了"优秀组织奖";八(1)班获集体朗诵一等奖,八(4)班获二等奖,两个个人节目获三等奖。在唱经典歌曲活动中,八(1)班获"最佳表演奖",拉歌队长小李和小黄表现出色,也分获优秀奖。

为活跃学生课余生活,我们还利用午休时间,组织八年级学生开展"呼拉圈"集体和个人项目的比赛。赛场气氛热烈,学生自娱自乐,显得兴致很高。我们的体会是:

1. 坚持"活动就是阅兵"的观念。每次集体活动都不能只是过过场,而应是一次年级风貌的展示,是行规的一次测试。

2. 教师参与学生活动。年级组内的活动,班主任个个争先,他们站在学生中间大声朗诵,拉近了师生之间的距离,增强了集体的凝聚力。

3. 用笔记录活动的感受。每次活动,我们都把它看作是一次行规教育的机会,要学生总结经验和教训,懂得人生需要的是迎战困难的勇气,能力上自己可能不及别人,但精神上的胜利者才是生活的强者。

4. 班级还可根据学生的具体情况举行形式多样的班会、少先队中队活动以及其它兴趣活动,让学生切实感到在班级集体中有着积极奋进的力量。

丰富多彩的教育活动排解了学生的各种心理压力,增强了他们的集体荣誉感。有学生在周记中写道:"我觉得我们比以前团结多了,每一次集体活动都让我们成熟。""只要尽自己的努力,做到最好,就一定会有意想不到的收获。"有一份对班主任的测评材料道出了活动的意义:"老师用发生在我们身上的事教育我们,同学们都乐意接受。"简言之,活动不仅培养了学生的意志品格、组织能力、自我约束力以及团结协作等方面的能力,更重要的是重新树立了学生的自信,使他们明白,人生要敢于挑战自我,只有付出努力才能得到回报。

(四) 孝心体验,激发学生求思与求变

一位教育家说过:当学生意识到你在教育他时,就意味着你的教育已失败。这句话告诉我们,成功的教育不是"喋喋不休"的说教,应该是春雨润物,无声无息,无印无痕。通过家访和家长问卷调查,我们发现学生进入中学后普遍存在对父母(尤其是母亲)态度粗暴的现象。他们认为父母对自己的关爱是理所当然的,若自己的要求得不到满足,便恶言相对,不懂得应尊重、理解、关爱父母。我们针对学生成长中的这些问题,结合生活实际进行了教育。"母亲节"的序曲——"五一"长假主题作业拉开了感恩母亲主题教育活动的序幕。学生与母亲通过沟通,了解自己名字的由来,成长过程中母亲为之作出的牺牲和付出的血汗,关注母亲外貌的变化,了解母亲的爱好和习惯。有了实践体验,主题班会可以说"水到渠成"。工作站组织站内老师观摩了原七(2)班的主题班会。虽然学生表达、组织等能力较差,但由于讲的都是真人真事,全班学生感情非常投入,特邀的家长也代表妈妈们说出了肺腑之言。整堂班会无论是学生,还是老师、家长,每个人心中都涌动着一股暖流。为让学生更进一步体会到父母的伟大,班主任趁热打铁,又布置了"算账"——了解父母养育自己至今的花费。学生家长积极支持这项主题活动,把十多年来用在孩子身上的钱一一列出,使学生受到了很大的震动。小李同学在周记中写道:"当我回家之后,妈妈居然把所有的记账本全部找出来。妈妈这么细心地用自己的心血记录下我的点点滴滴,花费了十几年的时间,此情此恩,是我永生永世都报答不了的! 我学会了孝顺……"我们体会到:七年级的学生涉世不深,对他们空谈"人的责任",效果并不佳。只有让学生在生活中感知父母的恩德,体验生命的责任,才能将这种"责任"留于学生之脑,深入学生之心,体现于学生之行,影响学生的一生。

教师的人性关怀与激励,可以通过一定的活动形式体现,但更多的是以即时性教育形式表现出来的。一次放假前,校长要求班主任在假期里给学生打电话或家访。八年级老师灵机一动,决定也让学生在春节给老师打电话拜年。春节的几天里,不少老师接到了学生打来的电话。生活中处处是教育的素材,关键是要我们时时留心并挖掘。我们借助这特殊的日子,意在让学生表达一份孝心,懂得感恩,学会感恩,从日常生活中去体恤父母为之付出的辛劳。

一个学期过去了。从学生的问卷调查看,我们项目工作站全体班主任老师欣慰地感到学生真的长大了。有一个学生对班主任的评语代表了学生的心声:"老师,你一个学期的工作辛苦了。虽然我们不是你心目中最优秀的学生,但是希望我们在您的教导下,成为您心目中的优秀学生。"学生寄予了我们很大的希望,更加激发了我们工作的热情。

四、工作站成效回顾

项目工作站建立至今已近一年了。回首过去的一年,我们无限感慨。教育家刘京海的"成功教育"之所以成功,关键在于转变教育观念,他认为,每个学生都有成功的愿望,都有成功的潜能,都能取得各方面的成功。这一年,我们的学生在老师们的悉心关怀和精心呵护下茁壮成长。首先,班级整体发生了变化。上学期结束前夕,工作站配合校学生处作了一个调查,学生对班级的认可度增加了百分之十五,集体荣誉感普遍增强;班级的活动大多能积极主动投入,日常行为习惯养成有了提高,课堂纪律大有改观,家长也较为满意。一位家长在"家校反馈单"上深情地写道:"我看到了你在长大,在进步,由衷地感到欣慰,希望你在学校快乐地学习和生活。"这是家长的心声,更是家长的期待。

其次,在学生个人成长方面,班主任特别关注班中的特殊群体,对他们抱着充分信任的态度,使他们曾经受到伤害的自尊心得到了恢复。而今,这些学生已不再是班级的累赘。他们中,有的自我意识得到了增强,学会了尊重同学;有的在失败和挫折面前学会了坚强,表现出上进的要求。虽然他们的学业长进还不大,但是他们从原来的"厌学"到如今的"要学",已使我们颇感满足了。

一年来,项目工作站的老师自身也发生了很大的变化。原先只凭个人经验在管理和教育中摸索,付出之多、收效之小不成比例。如今,在工作站的指导下,经过系统的"新基础教育"理论学习,教育理念发生了根本性的转变,班级管理讲民主,学生教育讲人性。"一切为了学生,为了学生的一切,为了一切学生"成了我们班主任工作的座右铭。班主任的工作策略和方法也有了明显改变。我们不再"单打独斗",集体的智慧使我们有了"智囊",团结协作让我们享受到教育的"便捷"。我们学会了用亲切的体态和刚柔并济的语态,将心比心地捕捉学生的闪光点;学会了从认知、情感、行为几个方面去营造"教育生态"的平衡环境。

这里引用站内两位老师关于班级学生管理和教育的体会文章中的两段话,作为本文的结尾:

——回顾近一年时间,我与项目工作站同志一起成长。我最大的感触是发现孩子们真的改变了,我的管理理念和方法也随着孩子们的改变而发生了变化。实践告诉我,要真正把工作做好、做到位,就要善于借鉴"他山之石",集他人之智慧,同时深入到学生心灵中去,用爱去点燃爱,用创新的理性思维去打造学生的心灵世界。

——在一年的班主任工作中,项目工作站给了我很大的帮助,不仅促进了我教育理念的更新,而且在转化后进生的教育方面教给了我许多行之有效的方法,并给了我很多启示。我深感对后进生要因势利导,循循善诱,让他们感受到集体的温暖,使他们有亲切感、安全感、信任感。后进生的养成教育应贯穿于知识传授的全过程,作为班主任,应该身体力行地实践之。

从"我们班的新鲜事"说起

今天是开学以来最令人难忘的日子,放学后,我没舍得立刻离开,再一次翻开了同学们的周记本……

A同学:小城帮晓宇改正缺点,这可算是我们班里最热门的一件新鲜事了。记得他曾经是班里的"大闸蟹",是"蓝星"的最高得主。有一次,他的一位好朋友与同学发生一点小误会,他不管三七二十一,冲上去就一巴掌打在那位同学的鼻子上。

B同学:他怎么可能去帮助别人,而且帮助对象还是一向与他"志趣相投"的哥们?万万想不到的是,他真的这样做了……

C同学:小城近来来了个180度的大转弯,每天的各项作业都能按时交齐,上课也积极回答问题。昨天数学课上,赵老师出了一道题让我们做,一时间全班没有一个能解得出的。这时小城却举起了手,把算式一一报了出来,顿时,全班哑然。今天语文课上,李老师还将他的随笔、周记一篇篇在班上交流。看着他又惊喜又羞涩的神情,我不禁想:他真的变了?

接任这个班级的班主任以来,我没有过过一天好日子。倒不是因为辛苦,而是因为自己每天没白天没黑夜地工作,班级却还是时不时地就冒出一些烦心事。特别是小城和晓宇,只要有他们在,就没有太平。唉,孩子慢慢大了,"压"也不是办法,况且也不能从根本上解决问题。为此,我绞尽了脑汁。

一个偶然的机会,我得到了一些启示。那是一次作文作业,我给了小城95分。当他接到作文本时,眼睛里顿时闪现出了我从未见过的光彩。他将本子翻了又翻,自言自语道:"哎呀,怎么可能呢?"当时我心里很惭愧:"我平日是否太吝啬了,以至于学生面对我这样一点点不经意的欣赏都会如此受宠若惊?"是呀,问题学生需要的不是批评,而是欣赏!以后,我仍然每天"盯"住他,不同的是,我"盯"的不再是他身上的缺点,而是优点。

小城语文基础差,上课不会记笔记,听课总是不能集中精力,同学们常笑话他只有三年级的水平。我担心他听到这些评价会对自己丧失信心,于是每天上课时我尽量多一点板书,有时还会特意为他开点小灶。也不知从什么时候开始,他成了语文课堂上的活跃分子。

小城有家教辅导,作业比同类学生的优秀。我借此做文章,只要发现他有一点点进步,便在班里表扬,并将他的作业作为示范。随后,他的名字渐渐地从班级不合格作业统计本上消失了。

小城家庭条件优越,为人慷慨大方,再加上有一点义气,所以他能吸引同学的眼球,每天总有一批学生聚集在他身边。我意识到,这笔资源利用好了,或许会"利润滚滚";相反,如若不能正确地加以引导,将会出现危机。经过再三思量,我决定交给他两项艰巨的工作。我让他负责组织课前学习准备,并负责帮助自己的好朋友晓宇共同进步。接到任务后他异常兴奋,认真地记在了备忘录上。

我始终相信,每个人都有成功的渴望,都希望被尊重。作为班主任应该意识到这一点,并努力通过有效的评价帮助学生建立起成功的自信,因为信任是对他们最好的激励。每个孩子,哪怕是我们眼中的问题学生都可能是一块璞玉,其价值的大小全在于我们怎样去琢磨……

（李　伟）

附录二

咫尺间的希冀

小王同学在我心里还算得上是个"乖乖仔"。他虽然各科成绩不是很理想，但是上课能时不时地举手发言，因此，他偶尔与同学闹点小磨擦，我也能够理解。然而在下面这件事上，他的表现令人不可思议。

事情的发生没有任何征兆。那是上学期期中考试后的某一天，有同学慌张地跑来告诉我，说小王晕倒在了楼梯口，已被大家送到医务室。我急着赶去那儿。医生说，心跳、血压、脉搏一切正常，只是有些紧张。我劝慰了他几句，又把他送回了课堂。经历了一场虚惊之后，我暗自庆幸没发生什么大事。谁知一周后小王又接连发作了好几次，最后竟然发展到再也不肯进教室上课，坚持一定要自己的妈妈带他去医院看病，理由是明显感觉身体不适，如果不去看病，非耽误了病情不可。我虽然有些不解，仍然叫来了他的妈妈陪着他去医院检查。当晚我通过电话与他妈妈联系，可医生的诊断与医务室老师的判断完全一致，小王没有任何医学病症。我开始怀疑他是否心理因素在作祟，于是反复鼓励他要学做男子汉，要坚强。可事情远没有想象的那么简单，接下去的日子，小王再也不愿踏进教室的大门了。为此，我多次进行家访，同他面谈，可收效甚微；专门进行心理辅导的李老师说得口干舌燥，小王也丝

205

毫不为所动。

由于临近考试,我非常着急地去他家家访。在家访中我了解到一个情况。小王还有一个过继的哥哥(他大伯的儿子),学习出类拔萃,完成研究生学业后已参加工作。而小王的父母原本是农民,自身文化并不高,于是全家把希望都寄托在这个小儿子身上。他们常常拿大儿子与他作比较,没想到激励反而成了刺激,他索性破罐子破摔,彻底躺倒不干了。了解了情况以后,我反复对他妈妈强调要"减压",不要再作无谓的比较。对小王,我则始终为他鼓劲,打气,从关心的角度给予了足够的理解与宽容。遗憾的是,他还是没参加考试,但他允诺开学后来上学。

多次失败让我学会了早作准备。假期里,我安排与小王住得较近的学生隔三差五地结伴去他家交流、玩耍,融洽同学间的感情;另一方面,我也经常打电话和他闲聊,目的无外乎引发他对学校生活的眷恋。终于盼来了开学,也盼来了一个完整的七(3)班。我不敢掉以轻心,时不时地今天给小王一块巧克力,明天又打电话说些激励的话语,还有意识地将一张他正在认真听讲的照片贴在教室墙上,给他鼓鼓劲儿,想把他的心真正长久地拴在班级。

这件事让我感触颇深:教育、转化学生有时需要漫长地等待。犹如人在漆黑一团的隧洞中摸索,前方并没有一个光明的出口可以期待,此时,意志薄弱的人自然会渐渐出现烦躁,进而会觉得失望,直至想完全地放弃;然而,此时只要你还有一丝信念,就要鼓起你的勇气,咬牙向前,哪怕只是挪上半步,希望就可能在咫尺之间。

(杨文婕)

项目八　教研组层面的校本研修

"校本研修"的实践与探索

一、建站的背景和意义

　　教研活动在我国的中小学中有着悠久的历史。两周一次的教研活动除了"上传下达"有关会议的精神以外，有时也会有学习、研讨的内容。虽然广大教师对此早已习以为常，但它已经不适应教育的发展，跟不上时代的步伐。因此，在国家课程改革、上海"二期课改"全面推进的大背景下，为适应新时期和国际化需要的校本研修呼之欲出，并被公认为是一项顺利推进课程改革的重要举措。

　　新课程理念的学习贯彻和新"课程标准"的把握实施，最终要靠每一所学校、每一位教师来实现，而教师之间的差异是很大的，因此需要通过校本研修来缩小这个差距，提高课改实施的能力。校本研修能让教师成为教学、研究和进修的真正主人，成为课程改革的积极参与者、研究者和创造者，是形成学校特色、促进教师专业化发展的重要途径之一。

　　校本研修首先要求教师学习理论，转变观念，使校本研修成为教师的内在需求，并在各级研修过程中，通过同伴之间的互助和专家的引领，提高自身的教学素养和教学研究能力。我们从实践中认识到，最关键也最具实效的方法，就是建立一种立足教研组的新的教学研究制度，即"教研组层面的校本研修"。通过教研组层面的各种校本研修,在自主思考的基础上合作探索,实践反思,共同发展,使教研组真正成为群众性的、合作研究的实践共同体,进而实现教师之间的随时交流、随时研修。

我校一共有 10 个教研组,大致可分为三类:(1)各项工作开展基本较好,也能组织一些教学研究的教研活动;(2)各项工作的开展主要是上传下达,只是完成一些具体事务而已;(3)各项工作的开展能够做到"上传下达"已经不错了,甚至连正常的教研组例会都不能进行。

教研组的这一基本现状,无论对教师专业化发展、提高教学质量,还是对开展"新基础教育"研究、实施课程改革和学校的未来发展都是不利的。为了彻底改变这一现状,学校由分管教学工作的副校长领衔,于 2004 年 10 月建立了"教研组层面的校本研修"项目工作站,期望通过建站的形式,以任务驱动为策略,将部分教研组长集中起来进行项目研究,由此促进和提高我校教研组的校本研修水平,并向各教研组辐射,达到促进教师专业化发展、提高学校办学水平的目的。参与工作站项目研究的这些教研组长都是"志愿兵",原本就有一定的事业心和进取心,他们也试图通过参与项目工作站的研究,进一步提高自己的校本研修能力,进而提升自己作为教研组长的管理水平,带领和组织组内教师开展校本研修工作。

二、工作目标和思路

(一) 工作目标

1. 工作站每一位成员都要掌握校本研修的先进理论和研究能力,掌握开展本教研组校本研修的工作思路和工作方法,从而提升教研组整体的校本研修水平,进一步促进组内不同层次教师的专业化发展。

2. 建立"问题引导——经验调动（个体谋略）——实践切磋（同伴互助）——理论指导（专业引领）——总结提升——创造新经验、形成新问题"的教研组研修活动基本模式，并使这种模式对各教研组具有启迪和借鉴的作用，同时形成既符合本组实际、又各具特色的校本研修活动形式。

3. 在教研组层面形成各种形式、各个级别的校本研修的实践研究，创设"横向互助、纵向引领、多元互动、共同发展"的十六字研修方针，建立"五课——备课、开课、听课、说课、评课"的教学研讨制度，促进校本研修的可持续发展。

（二）工作思路

1. 按照项目工作站的活动流程"理论学习——研修活动——研讨交流——反思重建"开展项目研究。

2. 学习并掌握比较前沿的校本研修的先进理论，建立一整套科学的校本研修管理机制。

3. 各教研组都要按照工作站建立的研修活动基本模式开展活动，并努力寻求一系列适合教研组层面的校本研修的形式和方法。

三、实践的内容和途径

（一）调查研究，寻找基本路径

工作站运行之初，把工作重点放在"调研"上。我们对全校师生分别进行了"教研组研修现状调查"、"教师教学状况调查"和"学生学习情况调查"，掌握了大量详尽的第一手资料。一般说来，教研组长的素养和教研组的研修氛围不同程度地影响着教研组研修的成效，教研组研修的成效直接影响着教师的教学状况，而教师的教学状况又直接关系到学生的学习效果。当然,它们之间并不只是一种单向递进关系,而是有时交错,有时重叠,比较复杂。我们分析了这些错纵复杂的关系,梳理出主线,找到了一些基本路径:

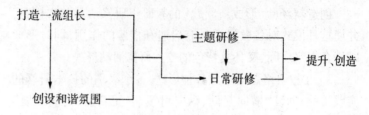

(二)"打造"组长,培养"领军"人物

有人说,一个好校长,就是一所好学校。同样,一个优秀的教研组长,能造就一个优秀的教研组。在教研组层面的校本研修中,教研组长是研修活动的组织者和引领者,教研组的研修氛围、教学研究内涵的发掘和功能的发挥,和教研组长自身的人品风貌、专业素养以及组织、管理能力有着直接的关系。

首先,工作站在了解教研组长日常工作、角色自我定位、专业能力等实际现状的基础上,对教研组长进行初步分类,然后分层"打造"。方式有理论研修、实践体验、座谈讨论、反思研讨、个案咨询等。

其次,在工作站的运作中,我们把工作重心下移,深入各教研组,全程参与教研组的研修活动,发挥共同探讨和引领研究的作用,并结合教研组的每次研修活动,共同研究、评价该活动的设计和效果,作好实时记录,积累第一手资料,有针对性地"打造"优秀教研组长,使之能担负起学科"领军"人物的角色,找准教研组校本研修的切入点。然后,在教研组层面,由教研组长组织教师一起开展校本研修,学习先进的理论和教学观念,或者结合教师的一节课,共同探讨、剖析这节课的设计和教学全过程,从不同思想观点的相互碰撞中,引发思考与研究,并在反复的共同研究之后,达成共识。

另外,我们还阶段性地对教研组长成长过程中的培养和干预措施作理性思考,并借助于学校行政的力量,为他们的成长创造良好的条件,提供充分的展示平台,如开设校级以上的教学研讨课,开展"教研组长论坛",出国培训,推荐表现突出者为"上海市名师培养工程"后备人选等。通过本项目工作站的有效运作,教研组长在校本研修方面的变化较为明显,都较以前有了不同程度的提高。

(三) 关注情感,创造和谐氛围

在项目研究中,我们充分注意到,教研组层面的校本研修需要关注教师的情感与体验。教师是人,是一个"完整"的人和"人际"的人。"完整"的人意味着教师的职业生涯中也有七情六欲、酸甜苦辣,所以教师的认知和学习离不开其情感的参与和投入。"人际"的人意味着教师和普通人一样,符合人类的群居性特点;教师不应该是一个孤独的职业,教师职业的欢乐和痛苦需要一个群体来共同分享和承担。因此,关注教师情感,创造和谐氛围显得尤为重要。

作为"领军"人物,教研组长应在创造和谐氛围时特别注意教研组建设目标的明确和适切。目标明确,整个教研组就有了共同的发展方向;目标适切,全体成员就会明白这个目标是可以达到的,并且是与每个教师的个人发展密切相关的。这样,教师的工作积极性就会被调动起来。

创造和谐氛围还必须重视教师非智力因素的作用。教研组长要在组内加强人际沟通,培养团队合作意识,实施人本管理,提高教研组的凝聚力。比如研修活动应该能够为教师创设一个安全的、互相信任的、允许犯错误的氛围，不要把课堂教学中的研讨、教师的反思变成"检讨大会"，教学中的失误不应成为教师的压力，而应作为教师进一步成长的起点。

在这样的研修理念引领下，我们所期望的教研组是这样的一种愿景：一个充满民主气氛、洋溢自主精神和体现务实作风的学习型组织和实践共同体，其中的每一位教师都既有倾听，也有回应，既善于敞开自己的不足向同伴求助，也乐于公开自己的经验与他人分享；在不同时间、不同地点、不同环境中，都能自觉地进行教学研究；尽管每个人的教学个性、教学方法不同，但都善于团结他人、取长补短，形成整体的校本研修力量，努力实现教研组的全方位发展。

212

（四）研究下移，重视主题活动

一年多来，我们一方面把教研组集体的研修活动作为重点工作研究，并且在理论与实践的过程中，逐步形成了"问题引导——经验调动（个体谋略）——实践切磋（同伴互助）——理论指导（专业引领）——总结提升——创造新经验、形成新问题"的教研组研修活动基本模式；另一方面，我们把工作站的研究重心下移，即把研究的重点放在工作站每个成员所在的教研组定点、定时的集体研修活动上。

在活动中，我们将传统的教研活动转变成了为增强主动意识、上下合作和同伴互助而开展的的自主研究，转变成了为了教学的需要、为了教师专业化发展和学生主动发展的需要而进行的各具特色的校本研修。我们从关注教材教法到全面关注学生、教师的行为，关注师生的主动发展；从关注活动的形式到关注活动过程的体验与感悟，关注活动的成效；从关注狭隘经验到关注理念更新、教育行为的改变，关注校本研修文化的构建。因此，我们的校本研修在继承传统优秀教研经验的基础上融入了新的内涵。

在这个背景下，通过工作站的指导，各教研组在研修活动基本模式下都相继推出了既符合本组实际、又各具特色的校本研修活动形式。这些形式概括起来主要有以下几种：

1. 集中学习式。即由教研组长组织教师学习理论，转变观念，包括学习教育学原理和学科教学的专业理论，为校本研修的开展奠定基础，使校本研修成为教师的内在需求。

在学习的方式上，以教师读书为重点，确定几种书籍、杂志为组员必读书刊，并要求组员根据自己的"文化盲点"、"专业盲点""进补"；期初制定个人读书计划，期中开展读书交流活动，期末撰写个人读书心得，由教研组评估并小结读书活动的价值；适时举办各种专题讲座，聘请专家、教授、特级教师、区研训员来校作辅导报告。这些措施不仅系统地提高了教师的理论水平，而且对更新教师的观念以及指导教师的实践都具有积极的意义。

每个教研组都曾开展过这种集中学习式的研修活动。

2. 专题研讨式。即以新"课程标准"为依据，重点对新教材的具体内容及相应的教学方式进行深入探讨，开展专题研究，解决新课程理念与实践结合的问题。

这种形式的教研组研修活动为每一位教师创设了一个交流平台，让组内教师针对教育观念、教学行为、教学手段等各抒己见，畅所欲言。思想火花的碰撞促进了教师之间的了解与沟通，教师互相取长补短，在互补共生中成长。小学数学、小学英语教研组的"主题式研修"和中学数学教研组的"论坛式研修"就属于这种形式。

3. 行动研究式。即在学科教研中，教师走上校本研修的主讲台，结合教学实践，谈经验、论观点、讲反思，成为教学、研

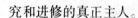

究和进修的真正主人。

其中,"以课例为载体的行动研究"运用得最多,它是提升教师专业水平的重要途径。这种研究以课改实施中的实际问题为对象,对自己或他人的课堂教学进行诊断、评价、反思与重建,为切实解决教师的困惑寻找有效的方法。由于这种研究来自于教师平时的教学实际,所以更具针对性,而且研究的过程也是更新教师观念、不断改善教学行为的过程。

对"课例"的研究关注个人已有经验的原行为阶段,关注新理念下课堂教学的新设计阶段,也关注学生获得的新行为阶段。连接这三个阶段的是两轮有专业引领的合作反思:反思已有行为与新理念、新经验的差距,完成更新理念的飞跃;反思教学设计与学生实际获得的差距,完成理念向行为的转移。这种以课例为载体的行动研究模式,对广大一线教师的教学实践有切实的指导和培训作用。

在这种形式下,组内教师可以围绕教研组的研修主线,针对同一内容,分别开设一轮或多轮研讨课,或者是几位教师围绕同一主题,针对不同内容,分别开设一轮或多轮研讨课,并以此为基础,开展以课例为载体的教研组研修活动。在活动过程中,反思教学理念上的误区和教学效果上的差距,再由教师撰写课例,就会有独特的体验,然后对活动进行归纳分析,总结具有推广价值和规律性的东西,探寻提高教研组教学质量的途径。

4. 综合活动式。即把集中学习、专题研讨、行动研究等研修形式有机组合在一次或一组主题活动中,由一条研修主线贯穿活动的始终,使主题显得集中而且内容丰富。理论与实际紧密结合是其突出的特点。

综合活动一般由一次主题明确的理论学习入手,结合教研组当前在这一领域存在的实际问题展开讨论,然后通过课堂实践,或验证,或修正,或补充,或反思,并藉此找到理论与实践的结合点,提升认知水平,提高实践能力。

例如小学语文教研组的"五个一研修"活动。他们首先确定了一个主题,然后围绕主题开展"五个一"的研修活动,即学一篇理论文章,围绕文章中心开展一次研讨,结合主题上一堂研讨课,进行一次说课评课,写一份活动总结。详见附录二。

(五)机制保障,促进"日常化"

教研组集体的主题式研修活动固然可以营造教研组的研修氛围,提供教研组研修活动的范式,也可以提高每一位教师的研修能力,但我们所追求的是不同时间、不同地点、不同环境中教师自觉、自主的研修,即重在研修的"时时"与"处处"。为此我们建立了一系列的研修机制,如制定了"横向互助、纵向引领、多元互动、共同发展"的校本研修方针,建立了"五课——备课、开课、听课、说课、评课"的教学研讨制度,建立了教研组内的考核办法,并以课堂教学作为载体,开展教研组层面的各种形式、各个级别的校本研修,促进校本研修的日常化、常态化,进一步提高教师的研修能力,提升教研组的研修水平。

1. 横向互助——创设和谐的研修氛围

所谓"横向互助",一是教师同伴间的横向互助,譬如同教研组、同备课组教师之间的集体备课,相互听课、评课和研讨等。它主要体现在教师自发或由备课组、教研组组织的研修活动中。二是教研组之间的横向互助,主要为项目工作站组织的研讨活动,学校组织的校级或更高层面上的研讨活动和课堂教学研讨会(以教研组长参与为主或由教研组

215

长带领部分教师共同参与），以及由其他学校组织的研讨活动。

同教研组或不同教研组教师之间通过"备课、开课、听课、说课、评课"这样一个研修的流程，实现了相互之间的"横向互助"，尤其是不同学科的老师，也能够在混合学科的同一个教研组活动中畅所欲言，或者在说课、评课中对不同学科的研讨课进行评说、交流和互动，体现了不同学科之间的"横向互助"。参加研讨的各个教研组也可以相互取长补短，从而使参与活动的教师能够得到共同提高，在教研组乃至整个校园内形成一种和谐的校本研修氛围。

2. 纵向引领——促进教师的专业发展

所谓"纵向引领"，就是教研组充分发挥组内骨干教师及教研组长的作用，或借助于学校行政领导、专家和专业学术团体的引领。这些"引领者"虽然层次有高有低，却各自具备独特的优势。

譬如：(1)以骨干教师示范或带教进行教学研讨；(2)教研组长每周随堂听课，通过教研组活动进行校本研修；(3)学校行政领导每周随堂听课，这也算是一种纵向的行政引领；(4)借助市、区研训员及其他校内外专家的指导；(5)借助专业学术团体如校"学科委员会"对相关教研组或相关学科进行的教学视导和各种课堂教学研讨等。以上这些，都可以说是"纵向引领"，其中组内骨干教师或教研组长的纵向引领虽不及专家引领的学术含量高，也不及行政引领的号召力大，但它却是一种高层次的"横向互助"，是近距离的"专家(专业)引领"。它既是言传身教式的，又是日常化的，相比于其他几种引领方式，更加有利于组内教师的专业化发展，有利于教师素质的提升，也有利于整个教研组的发展。

3. 多元互动——形成网状的研修态势

所谓"多元互动",是指除了同一学科老师之间的相互备课、听课、评课外,主要形式为教研组层面的教学研讨、学校集中组织的校级教学研讨、区级(或片级)教学研讨、专家或"新基础教育"基地学校老师参加的教学研讨以及对外开放的各类教学研讨活动,包括说课和评课。

这种多元、多向、多层次、网络式的教学研讨活动,呈现了各教研组乃至整个学校不同风格、各具特色、精彩互动的课堂教学面貌,营造了教师积极进取、争创一流的教学研究氛围,使教研组层面的校本研修始终处于涌动式前进、螺旋式上升的态势。几年来,"五课——备课、开课、听课、说课、评课"已经成为各个教研组提高课堂教学质量的一项校本研修制度。它虽然也是一个教学研讨流程,但不一定是完全呈直线递进型的,它既可以是交叉重叠的,也可以是循环往复的。譬如:开课教师在第一次备课后首先有一次说课,然后针对他的说课,其他教师就有一次针对教案的评课,在此基础上,开课教师要进行第二甚至第三次备课后才能正式开课。而在集中的说课、评课和研讨中,听课(评课)教师与开课教师要一起对这节课进行反思重建,然后由开课教师重新撰写教案,这样才算完成了教学研讨活动的整个流程。

4. 共同发展——提升教研组的整体水平

所谓"共同发展",就是通过教研组各个层面的"五课——备课、开课、听课、说课、评课"校本研修活动的开展,许多先进的教育理念逐步转化为大部分教师的教育教学行为,智慧创造型教师日趋成熟,反思研究型教师脱颖而出,更多的主动发展型教师快速成长。开展校本研修不仅为教师提供了充分展示的平台,创造了专业化发展的空间,也让学生的主动发展得到了体现,他们较过去更专注于课堂,参与教学的欲望强了,回答问题的声音也响了,主动学习、积极思维的良好习惯正在养成,课堂教学的质量普遍有了提高。这方面的例子不胜枚举。

（六）开发课程,提高研修层次

从理论层面上讲,课程是特定时代背景下的必然产物,集中体现了这一时期的教育观念、教育思想、教育内容;从实践层面上看,课程作为育人的"蓝图",是教育思想、教育理念的集中体现,是支撑办学理念、落实培养目标、促进学生健康成长的主要载体,是实现学校内涵发展的主要途径,更是学校组织教育教学活动的主要依据。

教师参与校本课程开发的过程,是研修的过程,这一过程不仅更新了教师的教育教学观念和知识结构,也提高了他们的研究能力、教学能力和开发课程的能力,有利于复合型教师的培养。

在项目工作站的运作中,我们试图在一些原有基础较好的教研组开发校本课程,以提高教研组的校本研修能力和研修层次。这项工作虽然刚起步,但已初见成效,"头脑奥林匹克"、中国结、环保、笛子、管乐等拓展型课程和一些探究型课程都取得了可喜的成绩。艺术教研组组织教师深入学习《艺术课程标准》和《校本课程论》等,要求教师充分挖掘和利用我校现有艺术教育资源,开发艺术校本课程。在进行反复的学习和讨论后,教研组确立了以管乐特色教学为抓手的开发校本课程的总体思路,并与外聘专业老师一起研究、实践,将管乐特色教学与日常的音乐课程教学有机整合,逐步开发出一套具有我校特色的新音乐课程,取得了较大的成功。

四、工作成效

经过一年多来的运作,工作站取得了一定的成效,主要有以下几个方面:

(一) 提高了工作站成员个体及所在教研组的校本研修水平

在参与项目工作站的研究和校本研修中,教研组长的工作状态发生了可喜的变化,从原来的"要我做"转变为"我要做";从原来的"单独做"转变为"合作做";从原来的"照着做"转变为"边研究边做"。工作站的每一位成员不仅具备了比较前沿的校本研修的先进理论和研究能力,而且有了较明确的开展本教研组校本研修的工作思路和正确的工作方法,从而提升了教研组的整体校本研修水平,进一步促进了组内不同层次教师的专业化发展。我们研究的内容直接来源于学校和教师的需求,教学中出现的问题是我们工作的起点,而解决这些问题则是我们工作的归宿。这种针对性能最直接地促进教师转变教育观念,将新理念直接转化为教师的教育教学行为,因此,可以说,我们的工作是服务于实践的。

(二) 从根本上改变了教研组集体研修活动的状态

过去,教研活动最多的内容是"听布置,执行具体事务",最突出的问题是"任务布置多,深入研讨少"、"问题意识差,交流对话少",教研组的"管理"职能体现过多,"研究"职能却发挥得远远不够。在工作站的指导带领下,几乎所有的教研组已经能以"问题引导——经验调动(个体谋略)——实践切磋(同伴互助)——理论指导(专业引领)——总结提升——创造新经验、形成新问题"作为教研组研修活动的基本模式,并结合本组特点和内容需要,组织不同形式、各具特色的教研组研修活动,从根本上改变了研修活动的状态。实践证明,这

219

些模式对于个性化经验的发掘以及实现我校教研组层面的校本研修的日常化具有重要意义,很多教研组真正成为了群众性的、合作研究的实践共同体。

（三）初步形成了校本研修的"日常化"态势

通过项目工作站的各项工作和努力,各个教研组都能以课堂教学为载体,以"横向互助、纵向引领、多元互动、共同发展"为方针,开展校本研修,并按照"五课——备课、开课、听课、说课、评课"教学研讨制度,采取各种形式组织各个级别的校本研修活动,其做法具体、实在、有效,可操作性强,有利于提高教师的校本研修能力,促进教师的专业化发展。另外,不同时间、不同地点、不同环境中教师自觉、自主的研修氛围也已经初步形成,促进了校本研修的日常化和可持续发展。

（四）建立了教研组层面校本研修的运行机制

在项目工作站的研究过程中,我们逐步建立了十六字的研修方针和"五课"的教学研讨制度以及各教研组开展校本研修的考核办法。通过这些机制的运作,激励教师积极主动地开展校本研修,激发教师的内驱力和潜力,倡导教师的合作和奉献精神。一系列的制度和机制,使我们的校本研修持续、健康地发展,尤其是教研组层面的校本研修活动,已成为我校教学工作的一大亮点。

附录一

转变从这里开始

一、在参与中转变角色定位

我们人文自然教研组是由政、史、地、理、化、生等学科组成的,这样一个被大家戏称为"大杂烩"的教研组,很难像语、数、英教研组那样抓学科教研。于是,作为教研组长的我把工作重心放在了抓组内常规和课堂规范上,比如:每两周一次教研活动的上传下达,每月教案、作业、随堂课的检查、反馈等,各项工作还算井井有条,自己也挺有成就感的。但是,自从参加了"教研组层面的校本研修"项目工作站后,我学到了许多有关校本研修的理论;在工作中与大家一起进行项目研究,我深刻感受到了自己的理念、行为和一个优秀教研组长的差距;尤其在深入到其他成员所在的教研组,全程参与其研修活动的过程中,我更加认识到了自己的不足。在教研组工作中,我协同组员仅仅完成了第一层面的"教",而对"如何教"、"如何教得更有效"等一系列问题的"研"却明显缺乏思考和行动。另外,项目工作站的其他成员基本上都是本学科的领军人物,而我所面对的却是自己大多不熟悉的六门学科,有着太多的"业务盲点"。我开始感到了一种从未有过的压力。于是,我抓住参加项目工作站的机遇,努力学习,积极实践,力求通过项目工作站的研究,不断提高自身的校本研修水平,努力使自己能够具备带领组员一起开展教研组层面的校本研修的能力。一年多来,我和工作站成员一起进行项目学习和研究,组织各个级别的教学研讨课,深入各个教研组,全程参与他们的研修活动,还参与"教研组长论坛",与其他成员一起学习、交流前沿的校本研修理论。这一系列活动不仅缓解了我工作的压力,而且拓宽了我的知识视野,更新了我的教学教研理念。在参与项目研究的过程中,我也逐渐找到了适合自己的角色定位。

二、在参与中转变教研方式

观念转变后再重新审视我原有的工作状态,发现自己原来只是停留在单纯的"做"上,而没有想过如何"研究"着做。在参加项目研修的过程中,我愈发感到教研组长要做有心人,在平时的教研活动中要注意观察、收集、思考组内存在的带有普遍性的问题,然后根据这些问题设计有针对性和研究价值的活动内容。就以组织教研组集体的研修活动为例,以前我们主要是布置工作,或进行一些听课后的集体评课等,活动缺乏主题,没有深度,因而成效不大。在项目工作站"问题引导——经验调动(个体谋略)——实践切磋(同伴互助)——理论指导(专业引领)——总结提升——创造新经验、形成新问题"的教研组研修活动基本模式指导下,尤其在参加了其他教研组集体的研修活动后,结合本教研组的实际情况,我将"以课例为载体的行动研究"作为我们教研组的基本研修形式,收到了预期效果,也得到了项目工作站成员的一致认可。可以说,是项目工作站帮助我改变了以前较为单一的工作和教研方式,让我学到了开展教研组校本研修的工作思路、工作方法以及符合本组实际、又具有特色的教研组集体校本研修活动形式,从而提升了教研组校本研修的整体水平,促进了组内不同层次教师的专业化发展。我将继续努力,和大家一起致力于校本研修,成为教学、研究和进修的真正主人。

（沈艳芳）

小学语文教研组"五个一研修"活动概要

一、活动方案

时　　间：2005 年 5 月 11 日下午

地　　点：本校会议室

与会人员：小学语文教研组 19 名教师

旁听人员："教研组层面的校本研修"项目工作站成员

活动内容安排：

　　1. 学一篇理论文章——《创新型课堂教学的开放性》

　　2. 开展一次研讨——就理论文章中的观点，结合自己的理解和教学实践谈谈看法

　　3. 上一堂研讨课——《我喜欢的动画明星》

　　4. 进行一次说课评课

　　5. 写一份活动总结

二、活动过程

　　1. 学一篇理论文章

创新型课堂教学的开放性

文章概要

创新型课堂教学要挖掘"开放"性教材。教师要针对现

在教材的特点,挖掘教材的内涵,使教材趋向于综合化,纯粹的学科知识已不能满足现在发展的特点;挖掘教材,真正地让教材发挥它的作用,最终要超越教材,超越是使用教材的最终归宿,它意味着学生借助教材这块跳板,已经上升到更高的境界。

创新型课堂教学关注教学过程的"开放"。预设的教案在实施过程中需要开放地纳入直接经验和弹性灵活的成分,教学目标必须潜在和开放地接纳始料未及的体验。要鼓励师生互动中的即兴创造,超越目标预定的要求。

2. 开展一次研讨

教师 A:

我很赞同创新型课堂教学要挖掘教材的观点。我们年级一直在尝试超越教材的内容,开发和补充教材。

我们教完语文课本的每一个单元后,根据需要再补教有关的辅读课文,每学期补教约 25 篇文章。一课时学完一篇,以学生自学为主。

我们还拓展教学内容,注意把教材内容与日常生活中的语文知识结合起来,举一反三,"添枝加叶",充分利用报纸、广播、电视、电影等媒体所反映的与课文内容有关的知识,拓展课堂知识的容量,使学生懂得语文与社会、与时代密不可分的关系。

教师 B:

关于作文教学,我认为,只有为学生提供广阔的写作空间,减少写作的束缚,才能实现写作的个性化,使学生表达出自己的主观感受。在实践中我们发现,必须实施开放的作文教学,而生活为作文教学提供了取之不尽、用之不竭的源泉。因此,我把如何观察生活、体验生活,进而领悟生活的真谛,贯穿于教育教学中。这里举一个教学实例:

我一直在尝试引导学生学会用自己的眼睛寻找生活中的亮点,发现其中的问题,并作出思考。我将语文课课前三分钟创设为"发现与思考"的交流时间。

起先,学生不知道观察什么,如何观察,自然也谈不上发现与思考了。于是,我启发学生说,需要观察的事物很多,比如我们的校园很美,春去秋来,花开花落,你们留意了吗?生活是多彩的,生活也是立体的,主动地、自觉地将自己全身心地投入于生活之中,你们会有很多收获。

一个阶段后,学生在课前三分钟争先恐后地告诉大家自己的发现与思考。他们从"××同学的人缘为什么这么好"讲到"什么是人格魅力",从"滴水穿石"的现象讲到"事物间的简单联系与复杂联系",从"今天你值多少钱"的车身广告讲到"人生的价值"……

又一个阶段后,学生的发言越发精彩。如,一个有着丰富的生活经历的女生说:"我辗转到过几个城市,我发现我最爱的还是我的故乡,我想这就是人们所说的故乡情结吧!"又如,一个酷爱阅读的男孩说:"我发现腿脚不能到达的地方眼睛能看到,眼睛不能看到的地方精神能飞到。"一个生于艺术之家的学生如是说:"昨天,我去参观了美术展,我发现画家的伟大主要不在于他的技法,而在于他的独特的构思。"

这时,我建议学生写下来,用他们稚嫩的笔触,将生活给予他们的厚礼封存。渐渐地,学生对生活敏感了,自觉养成了领悟生活哲理的习惯,情感世界趋向丰富而深刻,小小的年龄亦有着他们自己对生命意义的破译,对生活真谛的领悟。在他们的日记、习作中经常出现思想价值较高的文章,有的富有哲理,耐人寻味,有的情感真挚,催人泪下……

所以,我觉得,作文教学最大的开放就是向生活开放。

教师C:

读了文章,我觉得开放的阅读教学还应表现在向课外阅读开放。

教师应当重视培养学生的阅读兴趣,努力扩大学生的阅读面。要提倡吃五谷杂粮式的"杂读",因为"杂读"吸取的营养全面。例如,读文学作品,能丰富学生的情感,丰富学生的想象;读科技类作品,可以使学生的思维严谨,可以激发学生探索发现的热情;读历史读物,可以使学生掌握历史发展的规律,以古鉴今……

阅读的面要宽,阅读的量还要大。因为没有一定的阅读量,就不可能形成语感,不可能形成丰厚的语言积累,语文素养的提高也就缺少根基和土壤,无法为孩子一生的发展打下深厚的文化基础。新的"课程标准"规定,九年义务教育阶段的阅读总量应当在400万字以上,这是我们应当努力完成的目标。

3. 上一堂研讨课(略——作者)

4. 进行一次说课、评课
(1) 说课、评课

执教教师说课

本次作文课内容是上海"二期课改"教材第六册的第二

单元作文训练内容。训练要求:①指导观察静物——卡通明星的样子。②按一定顺序把卡通明星的样子写清楚。在认真研究教材和学生的基础上,我为这次作文课确定了具体操作目标:①指导观察。观察静物,特别是观察卡通明星这样的玩具,一般有两种指导方法。一是从上而下地观察,二是先观察特点,再由这点发散开去,按一定顺序进行观察。②指导写作。在作文指导中,针对学生目前存在的问题,强调观察要有顺序,描写要有顺序。

在这节课的引入上,我关注情感,设计了"听动画歌曲"这一环节,以此激发学生兴趣。在授课过程中,我注意鼓励学生,根据学生的实际需要设计了指导点,将"教"巧妙地隐藏在学生"学"的背后,比如通过设计帮老师改句子的环节,教会学生把句子写具体、写生动。

在指导学生写出卡通明星的样子时,我注意鼓励有能力的学生可以适当展开想象,使静物卡通活起来,而对基础相对薄弱的同学就不提这一要求了。

另外,我采用同伴互相评价等方式,在锻炼了学生修改作文能力的同时,也给予了学生写作成功的体验。

其他教师评课

教师 A:

创新性课堂教学要求教学过程是开放性的,不是预设性的。从王老师上的《我喜欢的动画明星》这节课中,就可以看出师生互动中的即兴创造,学生自主学习的能力和创新素质在这节课中得到了很好的培养。如:在动画明星"多拉A梦"的外貌描写上,老师要求学生用一些好词好句把"多拉A梦"的嘴巴、眼睛、脑袋以及衣服说具体。老师一边听学生说,一边用电脑把这些好词好句打印在大屏幕上,打印完毕后,师生共同修改这些语句。这一教学环节的设计激活和培养了学生的创新精神和创新能力,同时也可以看出王老师有极强的应变能力和很深的文化底蕴。

教师 B：

王老师是一个充满生气和乐趣的老师,正如她本人一样,她的课也充满了对智慧的挑战和对好奇心的刺激。

首先,在选择教材上,不以文本为本。这一单元的作文题是"我喜欢的铅笔盒",她认为可写的东西很少,相反"我喜欢的卡通明星"切合学生的生活实际,是学生的兴趣之所在,能有效地激发学生的主动性。超越是使用教材的最终归宿。

其次,在教学过程中开放地纳入直接经验和弹性灵活的成分。如老师将学生说的内容立即打在屏幕上,这一师生互动的形式令人耳目一新,对老师也是一个挑战。

虽然有些环节还不够饱满,如"生生互动";教学细节的严谨性也有些欠缺,但仍不失为一节好课。

教师 C：

要使语文课呈现出"创新、开放"的教学过程,教师对课内课外的素材资源挖掘必不可少。王老师在课前就搜罗了许多学生喜欢的卡通明星,挖掘了学生喜欢的素材。课内介绍各个卡通明星时,学生不熟悉小猪"麦兜兜",老师就挖掘了本班的学生资源,请一位香港学生唱一唱卡通片的主题曲,因为"麦兜兜"这一卡通形象在香港出现远早于上海。这一举措又丰富了课堂的信息量。

229

教师 D：

语文课的开放性究竟该做到什么程度？什么是语文课的开放性？这个问题我不能准确把握，但王老师的这节课给了我一定的启发。我将进一步消化、吸收。

教师 E：

结合理论的学习谈谈我对"创新"的理解。我觉得一个具有创新精神的人，应该是一个面对生活能够感动的人，能够发现生活中的"新"并激动起来的人，王老师就是这样一个"新人"。王老师能根据学生生活实际，大胆引进富有时代气息的作文教材，为我们的研究提供了一个很好的范例。"创新"也意味着不墨守陈规，敢于质疑固有的教法与学法。王老师能以自己对教材创造性的理解，来创造性地呈现教学过程。所欠缺的是在学生如何生动形象地描述卡通人物上教学目标不太明确，层次尚不够清晰。

教师 F：

从今天的课来看，王老师有几处设计和安排体现了开放性。首先，她依据本年段学生写作训练的要求，结合新教材的内容，对现有教材进行了整合与重组，将学生喜闻乐见的动漫画人物搬入课堂，大大拓宽了教材的丰富性；其次，课堂行进过程中，教师能始终关注学生的主动性与创造性，开放的课堂中，学生的发言也表现出极具个性化，对漫画人物的外形的比喻，学生不拘一格，各显神通；再次，课堂的开放性还体现在师生关系和生生关系的和谐方面。整堂课教师非常民主，如：请学生帮助老师改习作，将学生的习作直接储存在电脑里等。另外，师生其乐融融地参与课堂教学，毫不拘谨，体现了课堂气氛的开放性。

当然,开放的课堂对教师也提出了更高的要求。在一次教研组集体的研修活动中,我们也讨论了关于课堂预设与生成的关系、课堂自主与指导的关系。这其实也是一个开放度的把握的问题。今天课上,学生的比喻手法用得很多,但是有些用法还需要教师作系统的指导。

(2) 活动小结

教研组长:

本次研修活动开展得比较成功,它是真实的、常态的,也是经过认真准备的。在这样的活动中,我们都欣喜地看到了教师的成长,有些老师变得非常自信,非常主动,热情地投入到集体的研究中来。教研组是教师专业化成长的摇篮,研修活动是教师专业化成长的过程,我们要持久高效地做好我们的研究工作。对于本次活动,我们还要反思,还要提出重建方案。

5. 写一份活动总结

本次教研组集体的研修活动开展得比较成功,它是真实的、常态的,也是经过认真准备的。我们觉得可以总结并提升的经验是:

(1) 理论学习有收获

本学期,我们教研组非常重视理论学习,包括"新基础教育"理论、教育学原理的理论和语文教学的专业理论。半个学期以来,我们先后学习了叶澜老师的两篇文章和吴玉如老师的一篇报告,以及《小学语文教师》上的几篇文章。本次活动,我们又学习了《创新型课堂教学的开放性》这篇文章,觉得很有收获。

(2)备课组建设有成效

本学期,我们改革了研修活动的方式,研修活动分为教研大组活动与备课小组活动两种。教研大组活动9次,其中4次由教研组长负责安排和主持,5次由5个备课组分别负责,模式暂定为"五个一"——学一篇理论文章、围绕文章中心开展一次研讨、结合主题上一堂研讨课、进行一次说课评课、写一份活动总结;备课小组活动也是9次,各备课组研究自己的小课题。

(3)与项目工作站结合有基点

本次研修活动是9次大研修活动、5次由备课组承办的活动中的一次,同时体现与项目工作站工作的结合。项目工作站的成员是三年级的四位语文教师,但由于研究的是中年级段的开放性教学,教研组希望把二年级、四年级也一起带动起来。我们教研组把项目工作站的工作当成校本研修的一个部分,注意结合、融合、整合,而不是互相割裂,自成一体。本次研修活动就是教研组与工作站工作的一个结合点。

(4)教师状态有变化

在活动中,我们欣喜地看到了教师的成长。有些老师原来看得比较多,听得比较多,主动参与不够,现在变得非常自信,非常主动,热情地投入到集体的研究之中来。另外,教师的发言都能做到抓住"开放"、"创新"的主题,而不是漫无边际地"漫谈",多数教师的发言有一定的理论水平,而不是仅仅停留于经验层面,这些都是相对于以前有较大进步的。教研组是教师专业化成长的摇篮,研修活动是教师专业化成长的过程,教师们研究面貌的变化最能说明问题。

反思整个活动过程,还有一些问题有待改进:

(1)所学习的这篇理论文章水准还不够高。学理论的目的之一是"虚拟专家引领",在研究中克服"萝卜炒萝卜还是萝卜"的弊端,因此,学习的文章层次不高,"引领"作用就会削弱。

(2)讨论中教师的"互动"不足,"预设"多而"生成"少,这种模式一旦走向极端,就是各人自顾自地"呈现",而缺少对呈现出来的资源的共享、整合与内化。这种情况如不改变,个体在研修活动中的收获就不会大。

(3)个别教师在活动中还不够投入,主动性不强,对研究仍然处于观望状态。需要通过耐心细致的工作,让每个教师都主动投身到校本研修活动中来。

233

（胡达慧）

总结

追求师生精神生命的主动发展
——上海市新基础教育实验学校的
教育理念和办学实践

怎样的学校才是"好学校"?仁者见山,智者见水。但在以下几个方面恐怕不难取得共识,那就是:有一流的校长是基础,有一流的师资和一流的办学条件是保障,能培养出一流的学生是目标,最关键的,是要有先进的办学理念,有体现理念的管理机制。上海市新基础教育实验学校在十年的办学过程中,分析校情,不断探索,逐步确立了学校办学的核心理念:追求师生精神生命的主动发展。在这一核心理念的指导下,制定了学校的发展规划,形成了教师专业化发展和学生成长的培养机制,进行着有"新基础教育"特色的办学实践。十年历程,让新基础教育实验学校从初建时的黄土见天变成了今天绿树成阴、鸟语花香的上海市花园单位,从初建时仅有98个学生的社区配套学校发展成为拥有123位教职工和包括来自15个国家、3个地区学生在内的约1100名学生的国际型学校,并获得了"上海市素质教育实验学校"、"新基础教育基地学校"的美誉。

一、背景:由初创期到开展"新基础教育"实验

1996-1999年是我们学校的初创期。在学校初具雏形

后,校领导班子就开始努力寻找新的成长点。在全面分析了学校的师生状况和办学条件后,班子成员确立了把学校办成一所21世纪的新型学校的信心。在华东师范大学叶澜教授"新基础教育"理论的巨大引力下,我们以追求师生精神生命的主动发展为内在动力,进行了深化基础教育改革的世纪性选择——全面进行"新基础教育"实验,争创上海市素质教育实验学校。

这样的选择和定位,表明了我们对学校教育价值取向的追求——让师生焕发生命的活力,让校园充满成长的气息,让素质教育的理想和目标有一个实践的舞台。这样的选择和定位,也使我们这样一所年轻的学校在刚完成了三年初创期的各项建设目标后,又步入了时代发展和教育改革的快车道。"新基础教育"理论的指引,使我们找到了教育改革的理论依据、实践框架和前进方向,更让我们走上了一条追求社会转型背景下的学校教育整体转型之路。

在此基础上,我们制订了"1999.9—2002.9学校三年规划"和"2002.9—2005.9学校新三年发展规划"。规划明确指出,学校的办学目标是以"新基础教育"理论为指导,以素质教育为核心,把学校建设成一所以师生主动健康发展为本,以展现校园生命活力为基本特色,以课堂教学改革带动学校整体改革,以实验和研究为基础的九年一贯制的现代化新型学校,争取成为上海市全面实施素质教育并富有个性化的示范性学校。

二、过程:走先进理念引领下的转型性实践变革研究之路

我们的"素质教育"研究,是通过参与叶澜教授的"新基

础教育"实验不断深化和得以提升的。叶澜教授要求我们,无论是理论研究还是实践研究,都需要在"转型"和"创建"上下功夫。在先进教育理念引领下,我们开始走上了转型性实践变革的研究之路。

（一）由行政指令到人性化的学校管理

"新基础教育"的学校管理,处处体现"以人的主动健康发展为本"的管理理念,构建"以师生主动健康发展为本"的学校管理模式,创建具有生命活力、尊重个性、鼓励创新的学校组织精神,营造民主、和谐、自主、开放的学校组织文化。

在几年的实验过程中,我们不断丰富"花园、乐园、学园"三位一体的内涵,营造和谐向上、健康乐观的人际和工作环境,创造开拓、研究、探索的学术氛围,努力使学校成为一所"学习型"学校,使全校教师在不断的学习中实现价值观和文化精神的趋同,在共同的愿景下,逐渐形成上下联动、互补互助的团队,以团队的集体发展促进学校的全面发展,改变了过去自上而下的指令式管理模式。

（二）由硬性划一到弹性化多层次的目标管理

"新基础教育"理论认为,教育是直面生命、创造人类精神生命的伟大事业,要改变师生的生存方式,使学校的教育活动充满生命活力。依据学校的人员构成,我们确立了三个层面的队伍建设目标。

校长发展目标

具有全新的教育观念,能正确把握教育本质和教育规律,体现"依法办学,以德示授"。要有"敢为人先"的豪情,标新立异的勇气,与时俱进的胆略,好学,好思,善学,善思,同时具有高尚的人格、宽广的胸怀和远大的思想境界。积极为师生的发展创设广阔的空间,积极为师生的创新营造和谐的环境,心中时刻装着学校的未来,教育的未来。

干部队伍发展目标

经过三年的实验与培养,逐步建立起一支教育思想端正、师德优良、有事业心、岗位责任心强、有教育教学风格与特色、有管理能力、锐于改革、有创新意识和能力的年轻的高学历干部队伍。

教师队伍发展目标

教师队伍分为全体教师、骨干教师、青年教师三个层面。有全体教师的培养计划,骨干教师的跟踪档案,同时,从学校青年教师多的实际出发,建立青年教师成长档案。对教师个体的发展目标由原来的"一年上轨、三年上格、五年上品"提升到阶梯式的教师发展目标,为教师的成长指明方向。

以鼓励教师发展特长和优势、激发教师主动发展的欲望为出发点,学校确立了可实现的阶梯式教师发展目标,即:主动发展型——反思研究型——智慧创造型。

(三)由学生主体到师生复合主体的课堂和班级管理

在教育的主体性问题上,为反对教师的"一言堂",我们曾强调以学生为主体。但在相当长的时间里,我们觉得教师与学生的关系较难处理。老师要不要讲,讲多少,怎么讲?其实课堂是"双边共时"、"动态生成"的。教师与学生是"共时""生成"的复合主体。

在实验和探索中,我们初步归纳出了"新基础教育"课堂教学的"四性"要求,即,教学目标具有发展性,教学设计具有动态性,教学组织形式具有实效性,教学策略具有多维性。

在调查研究、反复论证的基础上,我们又确立了课堂教学应重点关注的八个方面,即,(1)学生自主学习的时间和空间;(2)学生的质疑问难;(3)师生关系的民主和平等;(4)关注每一个学生;(5)师生全方位的有效互动;(6)"书本世界"与学生"生活世界"、"经验世界"的沟通;(7)教学内容和方法的类模式;(8)教师的反思和创造。

围绕对"四性""八个方面"的研究,我们建立了"新基础教育"课堂教学的评价标准,以追求一种真实、开放、灵活、动态的课堂效果,真正"把课堂还给学生"——把提问的权利还给学生,把参与的权利还给学生,把探究的权利还给学生,把评价的权利还给学生,还学生一个主动和能动学习的时间和空间。

我们倡导"教室管理个性化,班集体形象塑造"。在此基础上,学校进一步突出了学生在班级建设中的主体地位,也归纳出班级建设重点关注的八个方面:即,(1)学生自主发展、自我教育的空间;(2)学生心理健康和个性发展;(3)班级文化建设的个性化;(4)个人发展与班级目标的整合;(5)班务活动的规范化和创造性;(6)班内评价的多维性;(7)学生家长融入班级建设;(8)班主任的组织和指导。这八个方面相互渗透,合理配置,形成一个有机的整体。

三、实效:呈现师生主动发展和学校跨越式发展的双赢态势

改革的实效,不仅仅是表现在几块奖牌、几个奖杯上,更重要的是体现在人的变化上,体现在教师和学生追求精神生命的主动发展上,最终表现为学校的跨越式发展。

(一)教师主动发展

从关注"学历"到追求"学力"

新基础教育实验学校是一所新建的学校,有一大批年

轻教师。这些教师缺乏经验，但不缺学历，我校小学部本科毕业的教师占比甚至一度在全市名列前茅。这种状况促使一些老教师纷纷加紧学历进修。随着研究的日益深入，从适应新教材、新课堂的新要求出发，我们在关注学生的需求意识时，更注意追求提高教师自身的"学力"。我们通过组织教师进行理论学习和实践研究，帮助他们在反思和重建中不断提升"学力"，从而实现了教师综合素质的全面提高。

骨干引领和项目驱动

许多教师把成为骨干教师或学科带头人作为自己的阶段性目标。不错，这确实是教师追求事业发展的一种成就体现。发挥骨干教师的引领作用，以满足团队主动发展的需要，是一项充满决策智慧和方法的创新。建立项目工作站制度，更是为了通过项目驱动，帮助教师加速实现自己的发展目标。工作站建立后，骨干教师有了更广阔的舞台，他们主动发展的要求通过项目研究得到了实现。

从立足"校本"到走向国际

教师要实现专业化发展，首先要立足"校本"。作为"新基础教育"的基地学校，我们有得天独厚的优势。利用专家的资源实现理论提升，利用观摩研讨开展实践研究，利用与新基础共同体学校的互访交流实现反思重建，一次次的磨砺，我们逐渐练就了"内功"。"新基础教育"实验使我们教师的眼光更远，眼界更宽，交流更多。我们与区内的兄弟学校互相切磋，与港澳台地区的同行交流合作，我们举办全国性的研讨活动，也有实力开展国际学术交流。我们在教学研究中结识了五湖四海的朋友,主动发展的愿望驱使我们的老师走出校门,走出国门,走向更广阔的发展空间。陈老师成了连续两届"名师讲坛"的主讲,陆老师担任了区里的兼职研修员,洪老师去了香港,作"国民教育"的专题报告,祝老师飞去澳门,为澳门的同行开设开放题的示范课;源自日本的数学开放题,接连在我校召开了两届国际学术研讨会,中国教师在课堂上的沉着、智慧和知识的广博,令与会的日本数学专家称赞不已,在最短的时间内,中国教师的课堂实录出现在了日本权威的数学杂志上。

是的,我们做教师辛苦,但我们始终面带微笑,因为我们真正在自己的主动发展中感受到了教师职业内在的尊严与欢乐。

(二) 学生主动发展

不同背景学生的共同提高

新基础教育实验学校的学生构成是比较特别的。全校1100名学生中,有来自15个国家的外籍学生175名,港澳台学生145名,还有超过100名的外省市学生。这一现象的存在,使每个班级的生源结构存在明显的多元化特点。面对学生实际,我们采取的是"共同目标下的分层提高"和"不同目标下的共同提高"等灵活多变的教育模式。我们有共同的学生培养目标,即:注重在认知能力、道德风貌和精神力量等诸方面的和谐发展,培养能将科学精神和人文精神相融合,具有捕捉信息、善于反思、自我调控能力的21世纪新人。面对不同背景的学生,我们提出了不同的要求,关键是让每一个学生都在新基础教育实验学校确定自己的发展目标,找到主动发展的最好途径。面对境外学生,我们成立了外籍、港澳台学生管理办公室,开展以外籍学生为主要对象的"中华文化行"系列社会实践,帮助他们了解中华文明的源远流长;开展以港澳台学生为主要对象的"我爱上海"系列活动,使他们增强民族认同感。我们提出了"以地理为径,以文化为纬"的学习计划,通过"游历"和实践的模式,让境外学生在游览途中体会中国,在开放的课堂里增长阅历,用自己的眼睛、耳朵和心灵解读中国的历史和现实,让中国博大的文化精神感染每一个在校的外籍学生,使他们真正融于集体,成长于集体。"以学生的发展为本"是"新基础教育"的经典理念,怎样让这一理念的深刻内涵养育学子的生命,需要我们在生活中寻找资源,在实践中创新求变。每个年级都有自己的特点,每个学生也都在以不同的方式发展。为了实现不同年龄段学生的分层德育目标,在几年来所进行的实验的基础上,我们形成了以年级组为中心创造性地开展教育活动的特色。依托年级组与家长委员会,让学生与同龄人对话,与组内的老师对话,与自己的父母长辈对话,与学校的领导对话。对话双方彼此平等、自由地交流思想,智慧由此而生,默契由此而成,充溢着蓬勃的生命活力,真正实现了不同学生的共同提高。

生动的课堂和丰富的课余生活

新基础教育实验学校的课堂是充满活力的。日常化的教学研讨,使我们的课堂呈现出"真实、开放、动态和丰富的资源生成"的状态。教师把舞台放在课堂,学生的发展也需要依托课堂。在课堂上,学生的眼睛是亮的,他们努力把自己最好的状态呈现出来;多元化的课程设置,使学生增添了更多学习的乐趣。

新基础教育实验学校的课余生活是丰富的。艺术、科技、体育、卫生、心理健康一样不少,并逐渐形成了"管乐"和

"头脑OM"两大特色。学校的管乐团组建不久，但建制完整，训练专业，曾经获得闵行区学生艺术节一等奖、上海市学生艺术节西乐比赛二等奖以及"上海之春"国际音乐节吹奏乐比赛的银奖，并已形成了从三至九年级都有管乐班的喜人局面，学生的艺术修养也在一次次训练和比赛中获得提升。在科技方面，借助"项目工作站"的力量，学校的科技骨干日渐形成，学生们也在各级各类科技比赛中频频获奖，如小李同学连续两届获得了"intel 科技创新大赛"的上海市一等奖，还获得了全国三等奖和"明日科技之星"等荣誉，小张同学获得了"上海市科技英语竞赛"一等奖和"2005 年迎世博英语大奖赛"初中组惟一的金奖，台湾学生小胡也在科技舞台上找到了发展的空间，先后在澳门的全国机器人比赛和北京的"桥梁"比赛中获全国一等奖。接二连三在比赛中获奖，使参加这些科技项目的师生都充满了创造和收获的喜悦，学校也因此获得了区"艺术教育和科技教育特色学校"的殊荣。

兼具民族精神和国际视野

正是基于教育国际化的考虑，在"新基础教育"理念的指导下，培养具有国际视野和国际胸怀的世界公民成为我校的人才培养目标之一。学校的传统节日教育、文化游历以及特有的"中外语言讲坛"等主题活动，使学生在接受民族精神教育的同时，扩大了国际视野。外籍学生要体验中国，国内学生同样要接触世界。每学期，我们都要开展各类国际交流活动，有校际的，也有走出国门的，如与美国学校的文化交往，与德法学校的体育切磋，与韩国学校缔结姊妹学校以及对日本的修学访问，英国的家庭体验等。校内，我们有自己的"世界美

243

食节","世界服饰大观","国歌国旗秀"等等。当港澳台学生的民族情感和他们在上海居住的体验通过"浦江之声"的电波以及《上海侨报》的墨香被传递时,我们知道,我们的教育已初见成效。除了团体的交流以外,还有个人的展示,杨同学去了英国,展示中国学生的英语水平,邓同学去了泰国,把中国的音乐带给国际友人。国际研讨会上,当我们的中国学生操着流利的日语、英语采访与会的专家学者时,专家频频点头。这是对学生的肯定,更是对我校国际化教育取得的成果的褒奖。在"世界一家"的大背景下,在一个开放共生的美丽校园内,一所具有大胸怀、大目标,充满生命活力的21世纪新型学校已在渐渐成型。任何一位老师和学生不会因为肤色、因为国籍产生隔阂,每一个人都在寻找适合自己的生存方式,在如花的校园里体验成长的快乐。

（三）学校跨越式发展

在"成事"中"成人",通过"成事"将"成人"落在实处。"新基础教育"理念所关注的,就是促使人进入真实的成长状态。因为,人的主动发展能促成学校的跨越式发展。

记得1996年学校刚开办的时候,全校只有98名学生,经过短短几年,学生人数迅速突破1000大关,从一所极普通的社区配套学校发展成为一所在区内、市内甚至境外都有一定影响的新型学校,成为上海市素质教育的招牌学校。

做"新基础教育"的基地校

作为区内也是整个"新基础教育"共同体内惟一以"新基础教育"命名的实验基地,经过几年扎实而富有创造性的实验,学校在管理、课堂教学、学生发展等各方面都取得了可喜的成绩。在无数次的互动交流和现场研讨中,我们的教师越来越成熟,我们的学生越来越老练,经过严格的中期评估和结题论证，学校被确定为"新基础教育"基地学校，在实现"资源共享"和"经验辐射"的基础上，我们也更明确了自己发展的方向——成为"新基础教育"一流的品牌学校。

做"九年一贯制校"的排头兵

学校九年一贯的建制，涵盖了整个义务教育阶段，所以，抓好九年一贯制学校的建设和发展研究，对上海乃至全国的基础教育有借鉴意义。学校从成立始就具备的中小学的延续性，对研究中小学的衔接教育、学生素质的分段培养和整体性开发以及如何发挥一贯制学校在生源、资源和科研等方面的优势，都具备了较高的参考价值。目前，我校已成为上海市"九年一贯制校"的理事单位。

245

做社区教育的中坚力量

叶澜教授在谈到学校教育整体转型时明确指出：在当代中国社会转型背景下，学校要完成适应新时期发展所提出的新文化任务，惟一的出路是参与到社会新文化的构建中去，按社会发展的要求和时代的精神建构超越现实的新学校文化。作为社区教育力量，我们有为社区居民提供优质教育的责任。几年来，学校创建了"上海市花园单位"，为学生，也为社区提供了良好的学习环境。学校还积极参与社区的文化建设，实现教育资源共享，指导学习型家庭的创建，建立了学校、社区和家庭的沟通渠道。我们以优质教育和学生素质的全面发展在社区教育方面交上了满意的答卷，也因此赢得了良好的社会声誉，使学校呈现良性循环的态势。正如一位家长在对学校的评价中所说的那样："走进新基础学校的校园，就能感受到这里有别于很多学校——教师与学生平等而融洽地相处。

在告别师道尊严的同时,感受到了高层次的相互认可与尊重,学生提升了学习兴趣,更增强了面对社会、面对人生的信心与勇气。"

四、机制:在反思中茁壮成长,在重建中主动发展

(一)先进理念的内化

判断一种理念是否内化,主要看它能否做到行为化、日常化、本土化、自动化。"行为化"就是要把先进的教育理念转化为先进的教育行为;"日常化"就是要把研讨课变成家常课;"本土化"就是要根据学校的特定条件,形成自己的风格和特色;"自动化"则是指要将这种理念渗透到教师、学生的日常行为中,落实到班级和课堂内。

叶澜教授的"新基础教育"理论对我们原有的教育观念的改变具有转型性的意义,它对我们的教育行为起到了引领、转换、提升的作用。引领着眼于方向,转换着眼于操作,提升着眼于发展。必须承认,这种转换是极其艰辛的。教师逐渐养成的反思和重建的习惯、善于深入教育行为背后看问题等,都是理念内化的作用。

(二)思维方式的优化

"成人"与"成事"相得益彰,教师与学生共同成长,师生与学校共同发展。由于思维方式的优化,我们对教师的专业化发展有了更为贴切的理解:

教师专业化发展的主阵地在课堂。前提是研究学生,研究教材,决战课堂,提高课堂教学质量。

教师专业化发展的关键点在日常。认真备好每堂课,扎实上好每堂课,关注每个学生每天的发展态势,才能形成良好的师生主动发展的局面。

教师专业化发展的生命力在创造。我们尝试筛选有效的学习策略和方法，在"创造"中实现"教"与"学"的双赢。

教师专业化发展的可持续在内化。通过营造良好的研究氛围，让教育理念和"二期课改"精神成为我们自觉的思维方式、行为方式和生存方式。

（三）制度创新的强化

为确保实验的顺利进行，真正把"素质教育"的理想和目标落到实处，我们在各项管理中注重制度的创新。通过制度创新的强化，为真正实现办学目标提供切实的保障。

为了做到这一点，我们尝试二级管理，下移管理重心，加大基层一级管理的权限，促进教师的主动发展，提高管理效益。体现在教学中，就形成了课堂教学日常化的研究制度。我们坚持理论与实践相结合的研究方法；坚持听课→说课→评课→反思的实验流程；实施"研训一体化"改革计划，对教师提出了"五个一"的要求：即一周一篇教学反思，一月一节研究课，一学期一节组级以上研讨课，一学期一篇教学论文，一学年一个研究课题，以真正提高研训成效。随着实践的不断深入，我们进一步认识到重心下移是关键，即研究的层面应该落实在教研组和备课组。在课堂教学研讨中，我们形成了十六字研讨方针，即："横向互助，纵向引领，多元互动，主动发展"，将传统的上传下达式的教研活动转变成增强主动意识、有教研特色的校本研修。

值得一提的是，学校非行政组织的创建，尤其是校学科委员会、学生成长工作委员会这两个非行政组织的建立，使教研组和年级组的视导工作少了很多行政指令和行政干预的色彩。它们以结构精简、人员精干、目标明确、高效互动等特点，成为基层学校开展教育教学研究性变革实践的骨干群体，发

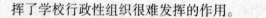

挥了学校行政性组织很难发挥的作用。

　　新基础教育实验学校的十年，是追求主动发展的十年。在这里，我们的脚步是那么坚定，在这里，我们的探索是那么执着。一位在我校工作了整整十年的老师在他的"十年耕耘录"上写道："新基础"是一个理想，"新基础"也是一个家园；"新基础"是一种理念，"新基础"更是一种实践；"新基础"是一次创新，"新基础"是最可持续的主动发展。

　　这也正是我们的目标和追求。

图书在版编目（CIP）数据

项目驱动 骨干引领：教师专业化成长之路／孙联荣
等著. 一上海：上海三联书店，2006.5
ISBN 7-5426-2310-9

Ⅰ. 项… Ⅱ. 孙… Ⅲ. 师资培养－研究－上海市
Ⅳ. G451.2

中国版本图书馆 CIP 数据核字（2006）第 041614 号

项目驱动 骨干引领——教师专业化成长之路

著　　者／孙联荣 等著

责任编辑／苏家珪
装帧设计／范峤青
监　　制／林信忠
责任校对／张大伟

出版发行／上海三联书店
　　　　（200031）中国上海市乌鲁木齐南路 396 弄 10 号
　　　　http://www.sanlianc.com
　　　　E - mail/shsanlian @ yahoo.com.cn

印　　刷／常熟市东张印刷有限公司

版　　次／2006 年 5 月第 1 版
印　　次／2006 年 5 月第 1 次印刷
开　　本／890×1240　1/32
字　　数／177 千字
印　　张／8.0
印　　数／1 - 3000

ISBN 7 - 5426 - 2310 - 9
G · 777　　定价：18.00 元